새피 ____ 엔딩

새피 ___ 엔딩

김태호 지음

작가의 말

소년은 고양이 앞에 쥐처럼 살았습니다. 아버지는 죽거나 떠나지 않았고, 죽이거나 놓아주지도 않았습니다. 피할 수 없으면 즐겨야 했다는 말은 나의 언어가 아닙니다. 그저 견뎌야 할 고난이 길었다 스스로 위로할 뿐이지요. 놀랍게도 고난은 나에게 잘못된 길을 보여주고 그곳에서 빠져나올 방법을 깨닫게 했습니다. 아주 오래전 아버지의 아버지로부터 물려받은 그 걸음의 전개와 절정은 차갑고 지독했습니다. 그러나 그 악행조차도 선한 결말을 위한 잔혹한 복선이었다고 여깁니다.

이제 다시 만난 새로운 세상에서 아내와 딸의 손을 잡고 꽃나무 가득한 정원을 걷습니다. 그리고 커다란 나무 아래 상처를 묻어 잘 덮어 두려고 합니다. 사람을 만나 믿고 의지하는 일은 아직 어렵습니다. 아버지에게 영혼 깊숙이 불신을 배웠기 때문입니다. 그런 제게 아내와 딸은 웃음을 가르칩니다. 용서하라고 하지 않아요. 그냥 웃으라 합니다. 웃으라는 말이 용서라는 말보다 감사합니다.

차례

2

가족이라는 이름을 선택한 대가

3

폭력이 나에게 남긴 아집

4

나, 좋은 아버지가 될 수 있을까

5

가족 사용 설명서

6

동화 같은 이야기

Prolog

내 평생 소원이 이루어졌다

늘 술에 취해 가족을 괴롭히는 아버지의 뼈와 살을 찢어 굶주린 사자 굴에 던지고 싶었다. 하지만 그때 나의 최선은, 방 한구석에 쪼그리고 앉아 폭력이 잠들기를, 아버지가 사라지기만을 기도하는 것이었다.

자식의 분가 후 노부부만 남게 되자 어머니에 대한 폭력이 다시 시작됐다. 잠시 숨어 있다가 치매와 함께 나타난 폭력은 시간이 지날수록 세기와 잔인함이 커졌다. 이러다 비정상적인 죽음을 맞을 수도 있겠다고 생각하신 어머니는 자식에게 그동안의 일을 모두 알려왔다. 그리고 나는 고심 끝에 아버지를 정신병원에 입원시키기로 마음먹었다. 입원 절차를 마무리하고 필요한 물건과 복용하던 약을 가지러 아버지가 살던 집으로 향했다. 비밀번호를 누르려 현관 앞에 섰을 때 문 앞에 놓인 슬리퍼가 눈에 들어왔다. 닳고 닳아 비닐처럼 얇아진 밑창, 무언가 갉아먹은 듯 고무가 반쯤 사라진 발등. 신던 슬리퍼가 편했는지, 치매로 인해 정신이 온전치 못해서인지, 몇 달 동안 아버지는 운동화와 구두 대신 자기 인생을 닮은 그 슬리퍼만 신었다.

아버지는 네 살 때 보육원에 버려져 열 살 무렵 탈출했다. 이후 구두닦이, 중국집 배달원, 나이트클럽 호객꾼으로 전전하며 질긴 숨을 이었다. 그러다가 열일곱에 탄 오징어잡이 배를 시작으로 30년 가까이 뱃사람으로 살았다. 버려졌고, 때리지 않으면 맞았고, 빼앗지 않으면 아무것도 가질 수 없는 삶이었다. 무엇보다 바다 위에서 자신의 자리와 목숨을 지킬 수 있는 수단은 주먹밖에 없었다. 처자식을 버리고도 당당할 수 있었던 시절의 패악이며 폭력이 정당화되던 시대의 아픔인 아버지는 술만 먹으면 가족을 적으로 간주했다.

한때 그토록 무지한 조상이 남긴 악의 결과물을 아버지로 둔 나 같은 사람에게 결혼은 죄라 여겼다. 하지만 사람과 사랑이 기적처럼 다가왔다. 내가 선택하고 꾸려낸 가정 속에서 진정한 사랑의 의미와 아이를 얻는 기쁨을 알게 되었다. 외출 후 돌아오면 아이들은 사슴처럼 뛰어올라 목을 감싸고 볼에 입을 맞추며 "사랑해, 사랑해" 한다. 서로 많이 안아주지 않았다며 투정을 부린다.

"누가 보면 이산가족 상봉하는 줄 알겠다!"

뒤에 선 아내는 이런 모습을 흐뭇하게 바라보며 단말을 건넨다. 아이를 들쳐 안고 아내와 눈을 맞추며 세상에 쏟아놓은 위안을 거듭 담는다. 정해진 자리 없는 식탁에 둘러앉아 밥을 먹고, 책을 읽는다. 입과 몸으로 수다를 떨다 잠자리에 든다. 이리 보면 사랑스러운 아내, 저리 보면 또 사랑스러운 아이의 숨소리와 체온이 느껴진다. 조금만 추워도 어미 품을 찾는 눈먼 강아지처럼 아이는 내 살을 파고든다. 때로는 아내의 다리 받침대가 되거나 아이의 쿠션이 되기도 하지만 그 모든 구속으로 숨길을 연다. 밥 짓는 아내의 힘찬 잔소리와 아이들의 투정과 노랫소리로 다시 한번 낙원의 아침을 맞는다.

'아버지는 어째서 이리 사랑스러운 가족에게 용서받지 못할 사람으로 평생을 살았을까.'
'나는 어찌하여 그런 아버지를 만나 외줄을 타듯 숨 막히는 삶을 버티고 견뎌야 했을까.'

한 사람으로 인해 가정이 지옥일 수도, 천국이

될 수도 있다는 사실을 깨닫게 하기 위한 '신의 뜻'이 아니었을까. 이렇게라도 내가 구하지 못한 어린 나를 위로한다.

오늘 아버지가 정신병원에 입원했다.
내 평생소원이 이루어진 날이다.

1

오늘 아버지가
정신병원에
입원했다

만약 인생이 여행이라 한다면 내 인생의 여행에서
아버지는 늘 빼 버리면 좋을 존재다.
사라지면 좋았을 기억만 가득 담긴 여행,
그것이 내 아버지와의 여정이다.

오즈의 아침

'쓰나미'라는 별명을 가진 지진 해일은 말 그대로 지진 여파에 의해 해수면이 비정상적으로 높아지는 자연 현상이다. 그 모양과 규모는 실로 엄청난 데다가 심지어는 파괴적이기까지 하다. 때로는 진원으로부터 상당히 먼 육지에서도 여파를 느낄 수 있으며, 파도의 높이가 6미터를 웃돌아 엄청난 물적 손실과 인명 피해를 일으킨다.

초등학교 5학년 때였다. 내가 살던 곳은 버스마저도 아침저녁으로 한두 대 드나드는 것이 전부인 시골 마을이었다. 여름 방학이면 온종일 햇볕에 몸과 얼굴을 그을리는 줄도 모르고 개울에 뛰어들었다. 통통하게 살이 오른 참개구리 뒷다리를 불에 구워도, 남에 밭에 허락 없이 들어가 연분홍 털복숭아 하나 배어 물어도 누구 하나 나무랄 일 없었다. 어제도 그랬고 내일도 그뿐이었다.

나는 아버지가 없었다. 정확히 말해 얼굴, 목소

리, 함께 나눈 작은 기억 하나 떠오르지 않기에 없는 거나 마찬가지라고 해야겠다. 원양어선이라 부르는 큰 배를 타고 먼바다 어딘가에 있을 거라고 어머니께서 말씀하셨다. 사람들은 그런 아버지를 마도로스, 마린보이, 바다사나이라 불렀다. 외할머니와 삼촌네가 함께 살며 화목했기에 아버지의 빈자리는 느낄 수 없었고, 바다사나이는 그저 '궁금함' 그 이상은 아니었다. 아버지 없이 살아도 정말이지 평범하고 온화한 일상이었다.

간절한 마음도 바람도 그리움도 없는 아버지가 왔다. 만남의 순간, 뜨거운 포옹이나 입맞춤의 기억은 없다. 아버지는 처자식보다 배가 아닌 육지에서 그것도 고국에서 맛보는 술과의 재회가 더 반가운 사람이었다. 술로 몸이 부서진 날만 제외하고는 매일 술을 마셨다. 그리고 술에 취하면 욕을 하며 물건을 차거나 집어 던졌다. 수틀리면 어머니도 차고 던졌다.

폭언과 폭력은 그날 해소할 분노의 양을 채우지 않으면 그치지 않았고, 구실은 늘 비슷했다. 술을 못 먹게 하면 못 먹게 하기에 먹는 거라고, 그냥 두면 먹고 죽으라고 그냥 두는 거라며 악을 쓰고 고함을 질렀다. 답을 하면 말대꾸가 되고 하지 않으면 반항이 되었다.

낮에 있었던 기분 상한 일, 며칠 전에 들은 귀에 거슬리는 말, 몇 년 전, 몇십 년 전에 당했던 억울한 역사가 모두 어머니 탓이었다. 그 눈빛을 견디며 온종일이라도 좋을 욕설과 추태를 받아 내는 일은 면도칼에 베인 미꾸라지가 굵은소금을 뒤집어쓰는 상황의 반복 같았다. '내가 없으면 어머니를 더 할퀴고 괴롭힐까.', '누나가 그 고통을 맨몸으로 겪어야 할까.' 말은 하지 않아도 같은 생각과 걱정에, 우리 셋은 지옥에서 도망치지 못했다.

숨이 막혔다. 벗어날 곳도 방법도 없었다. 오늘의 성난 파도가 잠잠해지기만 숨죽여 기다렸다. 아버지가 지쳐 잠드는 시간, 해가 뜨면 말라버릴 이슬 같은 평화가 찾아온다. 혹시 파도를 깨울까. 우리는 방 한구석에 옴츠리고 누워 서로의 젖은 몸을 가려주며 잠을 청한다. 굳은 심장과 식은 몸으로 내일의 쓰나미가 다시 일지 않기를, 오즈처럼 아버지 없는 낯선 세상에서 아침을 맞기를 기도하며 막힌 숨을 뱉는다.

다음날도 술잔은 지진의 근원처럼 아버지를 흔든다. 쓰나미가 온다.

인생이라는 여행에서 지우고 싶은 이름

어머니 칠순을 맞아 동남아의 휴양지로 가족 여행을 계획했다. 부모님, 누나네를 합해 열 명이 떠나는 대장정이었다. 언제나 그렇듯 여행은 설렘과 기쁨이다. 네 시간 반을 날아 도착한 공항의 문이 열리자 후끈한 대기와 코를 찌를듯한 꽃향기가 말로만 듣던 휴양지의 감성을 강렬하게 뽐냈다. 현지인의 그을린 미소는 상냥하고 순수했으며 음식과 숙소는 만족스러웠다. 무엇보다 구름과 하늘의 경계가 엽서처럼 선명한 하늘이 인상적이었고 그 아래 낯선 이국의 풍경은 신비로웠다. 그 모두를 떠나 물놀이를 좋아하는 아이들에게는 천국이 따로 없었다. 먹고 자는 시간을 제외하고는 물에서 나올 줄 몰랐다. 가족의 행복해하는 모습을 지켜보며 여행이 주는 유익에 감사했다.

하지만 여행의 즐거움은 돌아오는 공항에서 상처로 변했다. 닷새 동안의 빡빡한 일정 끝에 귀국하는 비행기 출발 시간은 자정이었다. 해외여행 경험이 부족했던 나는 노인과 아이가 함께하는 여행에서 새벽 비행기를 타는 일이 매우 고되다는 사실을 미리 헤아리지 못했다. 오전에 숙소에서 나온 우리는 출국 시간을 맞추기 위해 일정에 없던 마을에 들러 시장을 구경했다. 저녁 무렵에는 굳이 타지 않아도 될 배를 타는 등 무더운 곳에서 억지스럽게 시간을 채운 후 늦은 밤 공항에 다다랐다. 공항에서는 비슷한 시간을 보낸 이들이 발권 절차를 기다리고 있었고, 우리도 지친 몸을 세워 적당한 곳에 자리를 잡았다. 잠시 후 반가운 한국인 직원이 나와 대기 라인을 만들었다. 그 순간 기다리던 승객들이 우르르 뛰더니 좁은 틈으로 몸을 밀어 넣었다. 심지어 뒤에 있던 몇몇은 우리를 밀치기도 했다. 고만고만한 피곤이 쌓인 하루에 다들 예민해질 대로 예민해진 상태였다. 게다가 이륙 시간이 두 시간 더 지연된다는 안내 방송을 들었을 때는 허탈한 탄식이 공항을 메웠다.

불행 중 다행히 발권 후 들어간 대기실은 한산했다. 두 딸은 유모차에 누워 새카맣게 탄 얼굴에 하얀 눈만 겨우 끔뻑였고, 아버지와 어머니는 여독에 뭉친 몸을 긴 의자에 뉘어 잠을 청하셨다. 아이들도 내려오는 눈꺼풀을 더는 들어 올리지 못했다. 띄엄띄엄 앉은 여행객들도 하나, 둘 서로를 의지한 채 잠에 들었다. 피로가 잔뜩 쌓인 고요함이 무겁게 흘렀다. 문득 전쟁이나 재해로 돌아갈 곳 없이 모인 이들의 심정은 어떠할까. 몇 시간 뒤면 시원하게 씻고 편히 누울 집이 있음에 감사한다는 생각과 함께 유모차를 꼭 안고 눈을 감았다. 얼마나 시간이 지났을까. 갑자기 저쪽 어딘가에서 누군가의 고함이 적막을 깨고 환청처럼 들려왔다.

"뭐! 뭐라고! 뭐라고 했어? 다시 한번 말해봐! 뭐! 염치? 염치가 없어?"
"그래! 염치가 없다고 했다! 어쩔래? 이렇게 사람이 많은데 두, 세 자리 차지하고 누워 있으면 되나? 그게 염치없는 행동이지. 아니면 뭔데?"

자리 때문에 싸움이 일어난 모양이었다. 주위를 둘러보니 눈을 감기 전 한산하던 대기실이 인파로 가득 찼다. 앉을 자리도 없는데 누워 있는 사람이 눈에 거슬려 한마디 흘린 소리가 잠결에 들렸나 보다. 서로 좀 이해하면 될 일도 피곤하고 예민하다 보니 싸움 거리가 된 것이라. 그렇게 생각하며 주의를 돌리려는 데

문득 불길한 예감이 들었고, 육감은 적중했다.

그랬다. 싸움의 당사자 즉, 누워 잠을 자던 사람이 아버지였다. 그리고 몇 초 후 비행기 한 대는 족히 들어갈 만한 대기실이 떠나갈 듯 큰 소리로 입에 담을 수 없을 만큼의 거친 욕설을 퍼붓기 시작했다. 마치 잡아 먹어버리겠다는 눈빛과 살기 어린 욕설을 듣던 남자의 아내가 '저런 사람과는 싸울 필요도 없다.'라며 자기 남편을 끌어당겼다. 짐승 같은 공격에 넋이 나간 듯 섰던 상대도 끌어당기는 아내의 손을 마다하지 않았다. 아버지는 그 모습도 못마땅한지 뒤돌아서는 부부를 향해 눈과 목에 굵은 핏대를 세워 더 심한 욕설을 내뱉었다.

"저 할아버지 좀 이상한 것 같아.", "도대체 왜 저러는 거야.", "아, 정말, 애들도 많은데…."

여기저기서 탄식이 터졌다. 나는 저분이 내 아버지라는 말도 못 했고 달려가 말릴 생각도 못 했다. 말려봤자 소용도 없었겠지만, 일단은 나와 관련 없는 사람이길 원했다. 소동에 놀라 잠에서 깬 아이의 눈과 귀를 막는 일이 내가 할 수 있는 최선이었다.

살면서 아버지로 인해 바람 앞에 연기처럼 사라지고 싶은 날이 많았다. 매일 지옥을 선물하던 아버지가 만든 구멍 난 걸레 같은 삶을 들키는 게 싫었다. 어린 내게 아버지는 세상보다 무서운 존재였기에 피하거나 대들 수 없었다. 그렇다고 나를 아버지 같은 사람에게 버려둔 이 세상에 구차하게 매달리기도 싫었다. 아버지와의 관계에서 만들어진 내 초라함이 그대로 드러나면 세상조차 나를 의미 없는 존재로 취급하리라는 생각도 했다. 밖에서는 더 밝고 당당하게 아무것도 부럽지 않은 척하며 살았다. 어머니가 심하게 맞던 날 딱 한 번 옆집으로 달려간 날이 벌거벗은 마음으로 세상에 도움의 손을 내민 처음이자 마지막이었다. 귀찮고 거북스러운 눈빛, 불쌍하기는 하지만 그렇다고 선뜻 나서길 꺼리는 그들의 모습에서 나는 의지 없이 새어 나온 똥이 된 듯했다. 나는 상처받고 너덜너덜하지만 스스로 더럽다고 여기진 않았기에, 자라면서 그날을 얼마나 후회했는지 모른다. 아무리 감추려 해도 내 마음을 알 턱 없는 아버지는 공항에서처럼 세상 사람에게 자신의 역한 냄새를 풍기는 일에 주저함이 없었다.

학창 시절 교회 친구와 선후배가 모여 집으로 놀러 왔는데 그중에는 여학생도 있었다. 아버지는 술에 잔뜩 취해 오줌이 흠뻑 묻은 바지가 반쯤 내려간 채로 모습을 드러냈다. 영혼 없는 사람의 눈빛, 오징어 같은 몸과 혀로 인생을 똑바로 살아야 한다, 공부를 열심히 해야 좋은 사람이 된다는 식의 훈계를 한참이나 늘어놓았다. 대학 복학을 앞두고 동네 아르바이트를 하던 중 내가 아들인 걸 모르고 아버지를 향해 '그 인간 말종'이란 말을 농담 삼아 해 대는 동료 아저씨에게 불같이 화를 냈다. 아저씨는 평소 얌전하던 청년의 광기 어린 분노에 놀라 어이없는 표정으로 나를 바라만 보았다. 입대 후 첫 휴가를 맞아 꿈에도 그리던 집으로 돌아왔을 때, 아버지가 뺑소니 음주 사고로 사람을 죽게 해 감옥에 갔다는 소식을 들었다. 사람들은 결혼을 앞둔 내 아내가 불쌍하다 했다. 시아버지 될 사람이 주취 폭력에 난봉꾼, 뺑소니 살인범, 제정신 아닌 사람이라고 했다.

결혼 후 온 식구가 다른 곳으로 이사했지만, 그곳에서도 비슷한 평판이 아버지를 따라다녔다. 그리고 사람들은 '저 사람이 그 영감 아들이다. 저번에, 큰

길에서 욕하고 싸운 사람, 이전에 술 먹고 실수한 사람, 예전에 멀쩡한 사람에게 깡패같이 군사람, 그 영감 아들이 저 사람이다.'라며 수군거렸고, 뒤에서 하는 말이 들으라는 말인지 몰라도 언제나 내 귀에 들어왔다. 그럴 때마다 태연히 알고 있었다는 듯 준비된 미소로 넘기지만 그렇게 머금은 사연에 나는 잠겼다.

만약 인생이 여행이라 한다면 내 인생의 여행에서 아버지는 늘 빼 버리면 좋을 존재다. 사라지면 좋았을 기억만 가득 담긴 여행, 그것이 내 아버지와의 여정이다.

그 입을
막아야 했다

투명한 유리잔에 가득 담긴 소주를 벌컥벌컥 들이킨다. 잔을 내려놓음과 동시에 누리끼리한 흰자위에 빨간 실핏줄이 솟아오른다. 앞뒤 좌우로 몸을 흔들며 사냥감을 찾는다. 이내 입에선 욕설과 저주가 쏟아진다. 나는 캄캄한 밤 살쾡이를 만난 닭처럼 내 차례가 돌아오지 않기만을 기도한다.

그날은 무슨 이유인지 어머니가 싸움닭이 되어 아버지에게 달려들었다. 어머니를 말려야 했다. 아버지에게 맞아 죽을지도 모르기 때문이다. 있는 힘껏 뒤에서 어머니를 끌어안고 매달리는데 순간 어머니의 얼굴에 닿은 무거운 충격이 내 몸까지 전달됐다. 어머니는 그 자리에 맥없이 쓰러졌고, 아버지는 멈추지 않았다. 자신에게 덤비면 어떻게 되는지 보여주려는 듯 폭력의 수위를 높였다. 나는 밖으로 나와 옆집으로 뛰어갔다.

"우리 엄마 좀 살려 주이소. 아빠가 엄마를….

엄마가 죽을 것 같아예."

"어! 그래…, 일단 들어 온나."

옆집은 삼대가 모여 사는 대가족이다. 장성한 아들 여럿에 기골은 장대하다. 수사자 같은 그들은 듬직한 갈기를 휘날리며 당장 달려가 날뛰는 하이에나를 제압하고 피 흘리는 사슴을 구해주기에 충분하다 믿었다. 그러나 그들은 예상과 달리 선뜻 움직이지 않는다. 서로 눈빛을 주고받거나 발로 방바닥을 긁으며 난처한 표정을 짓는다. 형제가 몇 마디 상의하는 듯하더니 복학생이던 둘째가 무언가 결심한 듯 뚜벅뚜벅 우리 집으로 향했다. 얼마 후 돌아온 그 형이 말했다.

"내가 너거 아부지 잘 달래 놨으니까 이제 괜찮을끼다. 좀 있다가 가거라."

아버지를 제압하거나 꽁꽁 묶어 나무에 매달지 않고 그저 아버지를 달랬다는 말이 도무지 이해되지 않았다. 위로받을 사람은 나와 어머니인데 왜 아버지를 달래지. 우리가 맞았는데 왜 아버지가 위로받나. 앞에 놓인 마른 건빵 몇 개를 입에 넣은 손으로 말라붙은 눈물 부스러기를 긁어냈다. 머릿속이 어지러웠다. 작은 화면 속 메칸더 브이는 그날도 열심히 악당을 향해 정의의 주먹을 날려댔다.

아버지가 잠든 것을 확인하고서야 나는 집으로 돌아왔다. 어머니는 피멍이 든 눈과 터진 입술을 벌려 이제 6학년이 된 내게 말씀하셨다.

"다음부터는 내를 잡지 말고 너거 아부지를 잡아라. 니가 내를 그래 잡으면 나는 아무것도 할 수가 없다. 알았제? 엄마는 걱정하지 마라. 죽기 살기로 덤비가 조만간 끝장을 볼끼다."

그 후 비슷한 상황이 반복되면 뒷집, 옆집, 앞집 그 어디에도 달려가지 않았다. 대신 아버지의 눈이 뒤집히면 나는 이전보다 더 열심히 빌었다. 아버지의 손을 잡기도 했고 무릎을 꿇고 온몸을 떨거나 머리를 바닥에 박아대며 내가 잘못했으니 제발 어머니를 때리지 말라고 개처럼 애원하기도 했다. 만약 그때의 나를 만날 수 있다면 나는 달려가 아이의 눈물을 닦고 떨리는 몸과 헝클어진 머리를 쓰다듬어 가슴에 묻고 싶다. 진짜 아빠처럼, 형처럼 "괜찮아 네 잘못이 아니야. 다 잘될 거야. 나를 봐. 이렇게 잘 컸잖아?" 단 한 번만이라도 어린 내가 그리지 못할 미래를 보여주고 싶다.

그러나 여기서 지켜볼 수밖에 없는 아이는 무슨 말이 나올지 모르는 어머니의 입을 두 손으로 막고 여린 아들을 의지하여 무모한 도전을 하지 않기만을 간절히 바란다. 세상도 이웃도 법도 어머니의 의지도 아버지의 미친 폭력 앞에 눈먼 닭 같았고, 짱가도 메칸더 브이도 아닌 아이가 죽음을 무릅쓴 어머니를 구하는 방법은 그뿐이었다.

검은 바다의 소녀

누나는 강단 있는 소녀였기에 만약 남자였다면 아버지와 누나 둘 중 하나는 이 세상에 없었으리라 확신한다. 누나는 아버지의 폭력에 굴하지 않았다. 눈을 돌리지도 고개를 숙이지도 않았다. 그만큼 강했기에 어머니 다음으로 많이 맞았다. 누나가 아버지에게 욕을 듣거나 매 맞을 때, 나는 아버지를 말리지 못했다. 괜히 끼어들어 광기 어린 화살이 내게로 방향을 돌릴까 두려웠기 때문이다. 누나에게 폭거가 몰린 틈 뒤로 나는 비겁한 숨을 쉬었다.

손을 주머니 깊이 찔러 넣어도 손끝이 시린 겨울, 통학 버스에서 내려 학교 정문을 향해 걸었다. 문방구 앞 반쯤 잘린 드럼통 안에 아무렇게나 던져놓은 나무가 타며 그을음을 일으켰다. 눈이 매워 고개를 돌리는데 평생 잊을 수 없는 누나의 눈과 마주쳤다. 얇은 흰자 사이 홍체와 하나가 된 동공은 마른 먹물처럼 푸석푸석했다. 어디를 향하는지 알 수 없는 눈길은 자신의 발걸음이 어디에 놓여도 상관없는 듯 의지가 없었다. 생명체라고는 남지 않았을 것 같은 검은 바다가 그 속에 들었다. 어른이 되어 악상을 겪는 상주와 맞절 할 때, 시린 겨울 누나의 소녀 시절을 대변하던 그 눈이 생각난다.

얼마 전 밥 먹는 자리에서 누나가 피식 웃었다. 그러고는 학교 다닐 때 미술 시간에 필요한 준비물 값을 조르다 눈알이 빠지도록 뺨을 맞았다는 말을 한숨처럼 내뱉었다. 교복을 입고 가방을 맨 사춘기 소녀의 볼을 아버지는 아침부터 돈 얘기하냐며, 안 그래도 기분 더러운데 짜증이 난다며 후려 갈겼다. 어른이 된 누나는 이제는 웃으며 담담하게 다른 사람 이야기하듯 했지만, 그 순간 나는 다시 한번 누나의 동공과 홍체의 구분이 사라졌음을, 깊고 검은 바다에 파도가 사라졌음을 보았다. 피어야 할 소녀는 시든 채 자랐다. 상처를 입고 자란 사람은 평생 그 아픔을 안고 살아가나 보다. 한 남자의 아내 두 아들의 엄마가 된 누나는 꺾인 꽃대의 남은 부분을 의지해 자신만의 꽃을 피웠으나 한 부분 멍들었음을 나는 안다.

이번에는
달라지지 않을까

낯선 공간을 메우는 규칙적인 기계음만이 아버지가 아직 살아 있음을 증언하고 있었다. 넓은 중환자실 가운데 솟아오른 단 하나의 침상이 하얀 무덤처럼 크고 높았다. 얼굴을 반쯤이나 덮은 산소마스크에 하얀 김이 서렸다 사라지길 반복했다. 얼핏 세어도 스무 개 남짓한 주삿바늘이 온몸에 꽂혀 있었는데 그중 네 개가 마약 성분 진통제였고, 나머지 크고 작은 유리병과 비닐에 든 수액이 바늘을 통해 온몸으로 빨려들었다.

이틀 전 의사는 톱으로 아버지의 살과 뼈를 잘랐다. 심장을 오가는 주요 혈관 세 개가 모두 막혀 다리에 있는 굵은 혈관을 뽑아 이식하기 위함이었다. 열두 시간이 걸린 큰 수술이었다. 혈관이 막힌 이유는 술, 담배, 그리고 그로 인해 잘못된 모든 삶이었다. 의사는 앞으로 '술과 담배를 입에 대면 절대 안 된다. 그건 자살 행위와 다름없다.'라며 신신당부했다.

"아이고, 걱정하지 마소! 내가 또라인교? 또 술을 묵구로? 담배는 인자 마 생각도 안 나요!"

큰소리치며 아버지는 퇴원했다. 그리고 몇 년 뒤 폐암 진단을 받았다. 다시 가슴을 가르고 한쪽 폐의 일부를 들어냈다. 중환자실의 아버지는 약물 쇼크로 목숨이 위태로운 순간이 있었다는 점을 제외하고는 몇 년 전 그 모습 그대로 누워 있었다. 의사 선생님 대여섯이 달라붙어 그들만의 언어를 다급히 외쳐대며 한동안 씨름한 끝에 의식을 되돌렸다. 폐암에 걸린 이유는 술, 담배, 그리고 그로 인해 잘못된 모든 삶이었다. 선생님은 이번에도 전과 꼭 같은 주의 사항을 단단히 일러 주었다.

그리고 몇 년 뒤 아버지는 당뇨와 고지혈, 고혈압, 전립선 문제, 각종 구강 질환과 치질, 근육수축 그리고 알츠하이머 진단을 받았다. 식사 때마다 밥공기만큼의 약을 먹었다. 그 모든 원인은 술, 담배 그리고 그로 인해 잘못된 삶 모두였다. 의사는 차트와 아버지를 번갈아 보며 긴 한숨만 내쉬었다.

침상에 아버지가 누우면 나는 병원에서 밤을 새웠다. 내가 희생하는 만큼 어머니와 누나의 짐을 더는 일이라 여겼다. 피붙이란 이유만으로 사랑 없이 곁을 지켰다. 진통제에 취해 알아듣지 못할 말을 내뱉으며 잠든 얼굴을 볼 때마다 '이번엔 좀 달라지겠지.' 하는 믿음 없는 희망을 품기도 했다. 하지만 아버지는 잘렸던 뼈와 살이 아물면 언제나 예전의 모습으로 돌아갔다.

의사도 포기하고 할아버지도 내팽개친 사람을 나는 왜 버리지 못했을까. 나는 그때 아버지를 철저히 미워하고 원망했기에 스톡홀름증후군 같은 것은 아니었다. 한평생 아버지 곁을 떠나지 못한 어머니처럼 나 역시 단 한 번도 내 손으로 버려야겠다는 생각을 하지 못한 탓이다. 내 머릿속에는 어떻게든 이 가정을 지켜야 한다는 생각만 들었기 때문이다. 어린 나이에도 가족을 아버지로부터 지켜야 한다는 생각이 강했다. 그리고 언젠가 아버지도 변할 수 있다는 실낱같은 희망을 품은 것도 그 이유다. 아버지만 변하면 우리 가정은 비둘기처럼 평화로울 것이라 기대했다. 내가 가정을 지키고 있으면 언젠가 정상이 된 아버지가 진심으로 고마워할 줄 알았다. 설득하고 노력해서 아버지를 정상인의 범주에 넣을 수 있을 것이라는 의지도 있었다. 그러나 세상에는 옳은 뜻을 품고 아무리 애써도 이룰 수 없는 일이 있다는 사실을 아버지는 일평생 내게 가르쳤다. 그것은 어쩌면 이 땅에서는 선으로 이길 수 없는 악이 존재한다는 의미이기에 서글펐다. 인생에서 모든 정의가 반드시 성취되지 않음도 인정할 수밖에 없었다. 그렇게 담배를 물고 춤추듯 비틀거리는 아버지의 모습을 볼 때면 나는 바람 없는 공기인형이 된 것 같았다.

그래도 아버지니까 라고 말하는 사람에게

나는 사람과 눈을 맞추지 못한다. 교수님의 강의를 들을 때 그분의 눈을 볼 수 없어 턱이나 넥타이에 시선을 고정한다. 회의 중 상사나 예배 중 목사님에게도 비슷한 방법을 쓴다. 사석에서 만난 사람과도 마찬가지다. 친분의 정도를 떠나 그 누구와도 몇 초 이상 눈을 맞추지 않는다. 상대의 눈을 보는 건 어렵지 않다. 정작 견딜 수 없는 건 상대에게 보이는 내 눈이다. 그 속에 아버지의 눈빛이 비칠까 두렵다. 평생 증오하던 그 눈빛이 내 눈에 들어 상대에게 읽힐까, 그래서 나를 아버지 같은 사람으로 느껴지게 할까, 하는 그 두려움이 나를 괴롭힌다. 사람은 물론이고 동물과 눈을 맞추는 순간까지도 말이다.

아버지는 술에 취하면 갖은 욕설을 내뱉으며 체력이 다 할 때까지 행패를 부린다. 힘이 빠지면 드러누워 온 방을 헤집으며 조상과 이웃과 가족에 대한 욕을 한다. 그러다 벌떡 일어나 밥상을 뒤집고 내 눈을 바라보며 “그 새끼들 내가 다 죽였어야 했는데!”, “그 썅노무 새끼들!”, “그 씨팔 개새끼들!” 하다 다시 드러누워 상상 속 그들을 찌른다. 그때 만약 한마디라도 하는 사람은 그 죽일 놈이 된다. 나는 내게 한 잔소리, 폭력, 욕설보다 그 눈빛이 잊히지 않는다. 떼어 내려 할수록 더 깊이 달라붙는다. 마치 지옥과 경계가 허물어진 것처럼, 악의 최정점에서 활활 타오르며 지옥으로 끌어갈 먹잇감을 찾는듯한 그 눈이 지금도 나를 노리는 듯하다. 그리고 다른 사람과 눈을 맞출 때 내 눈이 그 눈일까 두렵다.

아버지는 가끔 이런 말을 했다.

“애비가 말을 하면 얼굴을 보고 답을 해라. 머 만 한 것들이 벌써 부터 애비를 무시하나!”

사람이 무섭다. 나는 사람이 얼마나 무서운 눈을 할 수 있고 얼마나 잔인할 수 있는지 보았다. 그래서 사람을 대하는 게 평생 조심스럽다. 상대의 안색에 그늘이 조금만 비춰도 내 속은 긴장을 시작한다. 내가 하고픈 말을 시원하게 할 수 있는 사람도 몇 되지 않는다.

사람들은 내 인격이 훌륭하다고 한다. 그러나 나는 인격이 좋은 게 아니라 마찰의 시작점이 보일 때마다 무난의 기름을 뱉어 미끄러질 뿐이다. 그러면 그 순간은 어느 정도 좋은 사람이 된 듯하고 인내한 사람, 다른 사람을 높여주는 사람으로 보일지 모르나 정작 나 자신은 없다.

사실 군대에서 마음에 안 드는 후임병에게 나는 가끔 그 눈을 보였다. 제대 후에도 운전 중 시비가 붙거나 가까운 누군가 큰 피해를 당하는 일이 생길 때 나는 상대에게 다가가 아버지의 눈으로 그들과 맞섰다. 그리고 이제 많이 감추어졌지만 언제든 그 눈을 들 수 있는 내가 싫다.

둘째의 엉덩이를 때렸다. 거짓말로 거짓을 덮으려 했기 때문이다. 꽃으로도 때리면 안 된다는 맹약이 허무하게 무너졌다. 내 살이 찢어지는 아픔보다 수만 배 고통스러웠지만, 그 순간 아이를 위하는 유일한 길이라 믿었다. "아빠, 아프잖아! 아빠! 진짜 아프잖아!" 하며 울다 지쳐 잠든 아이의 부은 엉덩이에 약을 바르며 울었다. 내 손바닥보다도 작은 아이의 엉덩이에 남은 멍이 완전히 사라질 때까지 매일 눈물을 삼켰다. 후

회하고 또 후회했다. 시간을 돌려, 매질 대신 꼭 안고 밤새 울었으면 어땠을까. 며칠이 걸리더라도 말로 타일렀으면 어땠을까, 하는 돌릴 수 없는 후회와 상상을 하고 또 했다. 가장 두려운 건 '아이가 또 같은 일을 반복하면 어떻게 해야 하나.'라는 불안감이었다. 그러나 사실 그 모든 불안과 후회와 두려움보다 나를 벼랑 끝으로 몰아간 건 아이에게 들킨 내 아버지의 눈이었다.

시간이 지나 아무 일 없었던 것처럼 아이는 내 속을 파고들지만, 가끔 눈치를 보며 아빠의 눈빛을 확인한다. 그리고 나는 내 딸에게마저 그 눈을 감추려 하는 나를 아이의 눈에서 읽는다.

OPPA

알코올 중독자의 정신없는 사랑

몇 시간이고 했던 말을 반복한다. 밤이든 새벽이든 말을 들어 주지 않으면 욕설과 폭력을 행사한다. 사람을 향해 손에 잡히는 물건을 집어 던진다. 심장 수술과 폐암 수술 그리고 알츠하이머를 포함해 온갖 병을 가진 사람이 술을 마시고 담배를 피운다. 담배를 피울 때마다 어머니 핑계를 댄다. 피운 사실을 금세 잊고는 다시 화를 내며 담뱃불을 붙인다. 집안 여기저기에 잊힌 담뱃갑들이 늘어난다. 혼잣말하다 방금 대화하던 사람이 어디 갔냐고 묻는다. 사람이 없었다고 하면 무시한다고, 갔다고 하면 거짓말한다고 뺨을 철썩철썩 올려붙인다. 어머니가 나가려 하면 칼을 가져다 목에 대고 협박한다. 같이 죽자는 말을 아무렇지 않게 던진다.

"내 이제…, 너거 아부지가, 진짜로 무섭다…."

지금까지 못 살겠다는 말은 수만 번 들었다. 하

지만 이번에는 다르다. 겁에 질려 집을 나온 어머니를 여기저기 숨기며 어떻게 할지 고민했다. 아버지는 농약병이나 휘발유 통, 혹은 계단에 밧줄을 매단 사진을 보내거나 동정을 호소하는 메시지를 번갈아 가며 쉬지 않고 보냈다. 누나를 찾아가 어머니를 내놓으라 협박했다. 겁에 질린 누나는 덜덜 떨며 모른다는 말만 반복했다. 삼촌과 이모에게도 찾아가 공포를 심었다.

그러던 중 우리 집에 아버지가 왔다. 동네가 떠나가라 소리를 지르며 입에 담지 못할 욕설을 뱉었다. 어린 손녀들이 보고 있으니 진정하라는 말도 통하지 않았다. 결국 경찰이 아버지를 연행했다. '아버지는 재판 후 감옥에 가야 할 중범죄자다. 하지만 늙고 병든 노인을 어찌 감옥에 보낼 수 있나. 그러나 그냥 두면 어머니와 가족이 위험하다.'라며 경찰은 정신병원을 권했고 아버지는 뭐가 잘못인지 이해할 수 없다는 표정을 지으며 입원했다.

한 달쯤 지났을까. 병원에서 연락이 왔다. 아버지가 일어나지 못한다고. 급히 옮긴 대학병원에서는 먼저 아버지의 낙상이 걱정된다며 팔과 다리를 침상에 묶었다. 그리고 이런저런 치료와 검사가 시작되었다. 응급실에 누운 아버지는 묶인 팔다리를 휘저으며 밤새 울부짖었다. 욕도 섞었고 기합도 넣었다. 그러나 혀는 어눌하고 포효는 나약하기 그지없었다. 이전 잔인함과 난폭함의 껍데기는 남았으나 실상은 하이에나에게 뒷다리를 먹히는 늙은 사자. 시간이 지나면 냄새를 풍기며 썩어갈 금수의 마지막 발악을 보는 듯했다.

검사 결과는 약물중독이었다. 평생 술 담배에 찌든 몸이 일반적수준의 약물에도 견디지 못하고 무너졌다. 더 이상의 검사나 치료는 무의미하다. 축 처진 아버지를 구급차에 실어 요양병원으로 옮겼다.

그리고 며칠 뒤 아버지를 만났다. 뭐라도 집어던지거나 욕을 하리라 예상한 아버지가 아기처럼 눈물을 흘렸다. '삼촌이 뭐라 뭐라, 경찰이 뭐라 뭐라.' 알아듣지 못할 말을 주문처럼 외다가 잘못을 빌었다. 얼굴 한 번 못 보고 죽는가 했는데 이렇게 보게 되어 감사하다는 말과 함께 울다 웃으며 간호사에게 가족 자랑을 늘어놓았다. 간호사는 묶였던 아버지의 손발을 주무르며 "어르신 말씀이 맞네요, 맞아." 했다.

정신을 잃고 아기가 된 아버지의 모습은 어색했

다. 팔팔하게 날뛰며 모두를 괴롭히던 모습도 힘들었지만, 이빨도 손톱도 털도 다 빠지고 병든 가죽만 남은 아버지와는 더 머물기 싫었다. 아기처럼 감싸 줄 수도 죄인처럼 욕을 할 수도 없어 어머니와 누나를 남긴 채 밖으로 나와 차가운 벤치에 앉았다. 옷깃을 여미며 세월에 무기력한 나와 아버지의 모습을 되새김하는데 갑자기 병실에서 우리를 보자마자 주문처럼 외던 말의 조각들이 귓전을 맴돌았다.

"너거 삼촌이… 내를 경찰에 고발했다. 너거 삼촌이 내를 여기 집어넣었다. 내가 그때 그놈한테 가는 기 아인데, 그 집에 안 갔어야 되는긴데…."

중얼거리던 단어의 퍼즐이 머릿속에 정리되자 눈앞이 흐려지며 아버지가 잡혀가던 순간이 떠 올랐다. 마지막으로 아버지가 간 곳은 삼촌 집이 아니라 우리 집이다. 아버지는 우리 집을 삼촌 집으로 나를 삼촌으로 착각하고 있었다.

한 달 내내 아버지는 증오의 대상을 아들에게서 삼촌으로 돌려놓기 위해 묶인 손과 발로 몸부림친 건가. 그곳이 병원인지 감옥인지 구분도 못 하게 된 정신으로 아들을 위해 남은 애를 쓴 걸까. 그러다 가끔 제 정신으로 돌아오면 그래서 그때 내가 경찰을 부르던 모습이 떠오르면 오히려 그 기억이 잘못된 것이라 우기는 걸까. 자식이 아버지를 경찰에 신고하고 정신병원에 입원시켰다는 사실을 믿고 싶지 않은 썩은 이성의 방해일까. 세상을 떠난 후 아들이 짊어질 후회의 크기를 줄이려는 알코올 중독자의 기억법일까. 그것이 마지막 부성이 남긴 정신없는 사랑이란 생각이 드는 건 무엇 때문일까.

바람이 분다. 싫은 겨울이 온다.
찬 파도가 언 가시가 되어 살에 박힌다.

2

가족이라는
이름을 선택한
대가

엄마, 우리 다시 태어날 수 있다면
그땐 내 딸로 와 줄래?

아픔에 아픔을 묻을 때

"아들아, 엄마는 인제 간다. 따라오지 마라."

처음이었다. 학교를 마치고 책가방도 풀지 않은 내게 어머니는 작별을 권했다. 만취의 몸부림 속에 코를 골며 잠든 아버지와 시퍼렇게 부은 어머니의 눈을 보니 이전 일은 보지 않아도 명확하다. 일단 붙잡아야 한다는 생각밖에 없었고, 아기처럼 매달렸다.

**"엄마! 엄마! 내가 잘못했어! 엄마 가지 마!
엄마 가지 마!"**

어머니가 떠난다는 말에 나는 그 이유가 뭐든 다 내 잘못인 것 같았다. 그리고 내가 잘못을 빌면 어머니는 늘 마음을 푸셨기에 빌어야 한다고 여겼다. 그러나 그날은 통하지 않았다. 어머니는 완강했다. 바짓가랑이를 붙잡은 내 손을 걷어 내시고 마당을 지나 갓 닦인 아스팔트 길을 향해 걸으셨다. 어머니는 아무리 힘들어도 나를 지켜주겠다고 약속했었다. 그런 어머니가 나를 버린다. 결국 나는 버려진다. 이 현실을 받아들일 수 없어서 어머니의 뒤를 무작정 따라 걸었다. 폭압 속에 버텨온 그 어떤 세월보다 두렵고 무서운 시간이었다.

종종걸음을 걸으며 엄마를 불렀다. 흐르는 눈물, 콧물을 연거푸 훔쳐내며 어떻게든 어머니의 마음을 잡으려 했다. 얼마나 걸었을까. 눈물은 모두 마르고, 걷고 소리를 지를 힘은 사라졌다. 어머니가 시야에서 멀어진다. 남은 기운이 없어 몸과 마음이 허물어진다. 그때 어머니가 걸음을 멈추고 나를 돌아보시며 팔을 벌렸다. 어머니를 끌어안고 마른 눈물을 삼켰다. 그제야 오그라든 심장이 다시 피를 돌리고 나무 같던 다리가 풀리며 쓰러지듯 주저앉았다.

초가을 들판에는 잡초가 무성했다. 굽이쳐 흐르는 물길, 그것과 꼭 빼닮은 산등성이는 여느 때처럼 여유로웠다. 물을 찾아온 철새가 울었다. 넘어가는 해를 원망하듯 짝을 찾지 못한 벌레도 함께 울었다. 그리고 그 모든 게 애틋하게만 느껴졌다. 수풀을 깔고 앉아 한동안 말이 없었다. 어머니는 자연이 되신 듯 목적도 없이 아무 곳에 시선을 두셨다. 이름 모를 철새의 날개를 부러워하는 듯한 어머니의 모습은 평온하면서 불안했다. 나는 식어버린 몸과 마음을 햇살이 데워놓은 대지에 맡긴 채 애꿎은 잡초만 헤집었다. 지는 하루의 아쉬움을 달래듯 해를 삼킨 서산에 노을이 붉었다.

"괜찮나? 마이 놀랬제? 엄마가 니 버리고 어데 가겠노?"

"엄마, 미안해…."

"아이다. 니가 잘못한 거 아무것도 없다. 전부다 에미 잘못이다. 머 같은 서방 만나가 너거 고생만 시킨다. 인제 고마 집에 가자."

돌아가도 상황은 막막했지만, 어머니의 손을 잡을 수 있는 것만으로도 감격하며 몸을 일으켰다. 익숙한 길을 일상처럼 걸었다. 가을 햇살이 데워놓은 흙과 어머니의 품과 손의 온기가 가슴을 녹였다. 그때 어머니는 왜 내게 그런 고통을 주셨을까. 자신보다 사랑하는 아들을 아프게 한 아픔으로 자신의 슬픔을 이기려 하신 걸까. 그렇게라도 해서 모든 걸 포기하고 싶은 마음을 달래려는 시도였을까. 할머니가 된 어머니는 매를 맞아 멍이 든 날이면 집 근처 못 둑 위에 섰다. 그리고 '들어갈까.'라는 생각이 들 때마다 아들을 떠올렸다. 그 때 목 놓아 부르던 내 음성이, 내가 내민 손이 어머니의 생에 닿았나 보다.

제 남편입니다

어느 날 한쪽 팔에 약국에서 방금 산 듯 뽀얀 붕대를 칭칭 감은 아저씨가 집으로 찾아왔다. 옷소매를 걷지도 않고 얼기설기 감긴 붕대의 한쪽 끝이 빠져 덜렁거렸다. 어머니는 평소 알고 지내던 아저씨를 반갑게 맞았다. 그런데 그 아저씨의 말과 표정이 평소와 달리 언짢았다. 집안으로 들어서지도 않고 문턱에 한 발을 올리고는 어머니를 옆눈으로 흘겼다.

"형님이 내를 오토바이로 칭갔소. 내 지금 경찰서 갈라카다가 그래도 옛정을 생각해서 이리 온기요."

"아이고 그 사람이 와 그랬을꼬? 그래, 마이 다쳤습니까? 병원에 가 보입시다."

"다 필요 없고 합의금 내 놓이소!"

"합의금예?"

"형님이 같이 술 묵고 성질난다고 내를 일부러 칭갔다니까! 내 진짜 죽다 살았소. 합의금, 오백만 원 주소!"

"예? 오백만 원예? 아이고 석이 아부지 우리 사정 모

릅니까? 빚밖에 없는 우리한테 오백만 원이 어디 있습니까?"

"내는 마, 그런 거 모르겠고, 아파 죽겠으니까 이번 주 안으로 오백만 원 안 주면 마, 음주 운전으로 사람 칭갔다고, 아니 그 뭐라카노. 그 살인미수. 그래. 뭐 그런 거로 확 신고 해뿔끼요!"

나는 신고한다는 아저씨의 말이 참 달콤했고, 마음속으로 아저씨를 응원했다. 몇 년이라도 아니 몇 주만이라도 아버지가 감옥에 들어가는 상상을 하며 어떤 일이 있어도 아저씨가 마음을 바꾸지 않기를 바라고 또 바랐다. 씩씩대며 나가는 아저씨 뒤로 주저앉은 어머니는 긴 한숨을 내쉬었다. 다음날 아저씨를 찾아간 어머니는 길고 긴 설득 끝에 합의금을 이백만 원으로 낮추었다. 그리고 그날부터 이곳저곳에 손을 벌렸다. 친하게 지내던 이웃에게 오만 원, 이모, 고모에게 십만 원 이런 식으로 겨우겨우 구걸해 모은 돈 백 오십만 원이었다.

"아들아, 만 원짜리 이래 모아놓고 보니까 참 많다. 그자? 돈이 수북하다."

어머니는 한동안 방바닥에 놓인 돈을 지켜보다 그 돈을 품고 석이 아버지를 찾아가 다시 한번 사정하며 백오십만 원을 방바닥에 놓았다. 아저씨는 그 자리에서 받은 돈을 세느라 돌아서는 어머니를 쳐다보지도 않았다.

며칠 뒤, 또 다른 아저씨가 숨을 몰아쉬며 집으로 달려왔다.

"집에 아저씨 사고 났으예! 오토바이가 다리 밑으로 떨어졌십니다!"

나는 사고가 났다는 아저씨의 외침이 신의 음성처럼 감격스러웠다. 어머니를 따라 달리며 아버지가 다리 밑으로 떨어져 지옥까지 당도했기를 기도했다. 죽지 않았다면 식물인간, 그것도 아니라면 허리가 부러져 다시는 일어나지 못하는 상태이길 기대했다. 단숨에 도착해 보니 십 미터 높이의 다리 밑으로 오토바이와 함께 떨어진 아버지는 좀 긁히긴 했으나 부러지거나 터진 곳 하나 없었다. 만취해 몸을 다스리지 못하는 모습에 주변 사람들이 더 호들갑을 떨었다.

길 가던 사람들이 힘을 모아 아버지를 다리 위

로 들어 올리고, 오토바이는 밧줄을 묶어 끌어 올렸다. 아버지는 이 모든 상황이 재미있는지 싱글싱글 웃기도 하고 오토바이가 괜찮은지 묻기도 했다. 땀을 뻘뻘 흘리며 상황을 정리하던 낯선 아저씨가 안타까운 표정을 담아 어머니에게 물었다.

"저분이 아주머니의 부친 되십니까?"

"아니예. 남편입니더. 제 남편이라예."

세상 그 어떤 아내가 저런 사람을 남편으로 인정하고 싶을까. 세상 그 어떤 사람이 자신의 배우자가 아버지나 어머니처럼 보이길 원할까. 아버지는 망가져 가는 본인의 모습이 우리에게 부끄럽지 않았을까. 그런 생각을 할 수 있는 사람이라면 다리 밑으로 떨어진 순간에 웃음을 보이지는 않았겠지. 술에 영혼까지 팔아버리지는 않았겠지. 그런 사람을 남편이라고 부르는 어머니는 평생 그 많은 수치와 부끄러움을 어떻게 이겨냈을까. 그날 어머니는 그래도 아버지가 아들이 아니라서 얼마나 다행이냐고 혼잣말하셨다. 저런 꼴 보지 않고 일찍 눈 감은 친할머니의 선택이 옳았다고도 하셨다.

무용한 기쁨

"엄마, 이거. 내가 말했던 공학용 계산기…,

이거 사 주면 된다."

"오냐, 알았다. 사장님요, 저거 얼만교?"

"3만 7천 원입니다."

순간 당신의 세월 같은 지폐 몇 장을 꼭 쥔 어머니의 눈이 파리똥 잔뜩 낀 형광등 켜지듯 요동쳤다. 그 이유가 계산기 가격 때문이라는 사실은 세월이 많이 흐른 뒤에 깨달았다. 그때는 내심 친구들이 가진 기능 많고 성능 좋은 메이커가 아닌 저렴한 제품을 고른 철든 자신을 칭찬하기 바빴다.

어머니는 담대한 사람이다. 살면서 남 앞에서 눈을 떠는 경우는 거의 없었다. 그런 어머니가 공대에 입학한 아들에게 꼭 필요한 계산기 가격에 눈빛이 흔들렸다. 어머니는 돌아갈 차비가 부족하다며 3천 원만 깎아 달라고 했고, 으레 하는 흥정이라 여겼지만, 흥정 아닌 간청이었다는 사실도 나중에 알았다. 인생에는 시간이 지날수록 선명해지는 게 있는데, 계산기값 3만 4천 원이 내게 그렇다.

대학은 집에서 멀었다. 버스와 기차, 다시 버스에서 내려 한참을 걸었다. 등록금, 교통비, 책값, 밥값, 철없는 아들이 손을 내밀 때마다 어머니는 가벼운 주머니에 마지막처럼 든 돈을 미련 없이 내어 주셨다. 어디 돈뿐일까. 속에 든 고깃덩이를 새끼에게 토해내는 들개처럼 어머니는 내게 아낌없이 주는 나무였다.

어린 시절 "엄마, 백 원만…, 백 원만…." 하며 뒤꽁무니를 쫄쫄 쫓아다니면 어머니는 귀찮은 듯 귀여운 듯하시며 백 원짜리 동전을, 어쩔 땐 오십 원짜리 두 개 그것도 없는 날엔 십 원짜리 열 개를 세어 내 손에 꼭 쥐여주셨다. 신호등 모양의 사탕 세 개, 아니면 쭈쭈바나 뽑기 같이 참 가치도 없고 의미도 없는 곳에 쓰이겠건만, 철없는 아들에게 무용한 기쁨을 주고 행복한 미소를 지으셨다.

일 년을 졸라 산 축구공, 중학교 입학 때 또 몇 달을 징징대며 얻어 낸 하얀 운동화, 그리고 계산기, 학비까지. 사실 모든 걸 내팽개치고 훨훨 날아도 좋았을 것을, 어머니는 날아가는 대신 짊어지는 삶을 택하셨다. 죄 많은 아버지와 철없는 아들이 얹은 멍에를 등에 지고 인생을 견뎌내셨다.

"아빠, 천 원만! 천 원 아니면 오백 원도 괜찮아."

"뭐하게?"

"문구점 가서 사고 싶은 거 살 거야."

나를 닮은 딸은 내가 가졌던 눈빛으로 아빠에게서 무용한 기쁨을 찾는다. 딱히 살 것도 없으면서 문구점, 이 구석 저 구석을 돌아다니는 아이. 그런 아이를 바라보는 내 눈과 그 시절 어머니의 눈이 닮아있을까. 운동화와 자전거같이 유용한 물건을 함께 고를 때면 더 편하고 안전한 걸로 하라는 내 말에 아내는 그저 옅은 미소로 답한다. 폭신한 운동화를 신고 페달을 열심히 밟으며 환하게 웃는 아이의 모습을 보면 어머니의 손과 눈이 점점 선명하게 떠오른다. 떨지 않으려던, 자식 앞에서 애써 담담 하시려던 어머니의 손길과 눈길이 내 삶에 더 깊게 맺힌다.

쓸개 없는 여자

어머니께서 엄청난 복통을 호소하며 쓰러지셨다. 평소 엄살이 없으셨기에 상황의 심각성을 직감했다. 한밤중 대학병원 응급실로 향했다. 응급실의 밤은 전쟁통이 따로 없었고 기다림 끝에 간신히 침상 하나를 받았다. 진통제와 링거를 단 후 이런저런 검사가 이어졌다. 가난한 대학생과 어머니의 슬기롭지 않은 병원 생활은 그렇게 시작됐다.

밤의 응급실은 교통사고로 피범벅이 된 환자, 치고받고 싸우다 뼈가 몸 밖으로 나온 취객, 흉기를 맞고 우르르 몰려온 조폭들로 북새통이었다. 의사를 부르는 외침, 다툼과 비명이 아침까지 이어졌으며, 가끔은 하얀 보를 덮은 침상을 에워싼 가족의 절규가 터졌다. 칸막이 하나 없는 생사의 전장에서 어머니와 나는 조용히 그리고 간절히 입원실을 기다렸다. 병원에서는 순서대로 옮기겠다고 했지만, 열흘이 훌쩍 넘어서도 우리는 응급실을 떠나지 못했다.

병명은 담석증이었다. 쌓인 돌이 너무 많아 쓸개를 제거해야 한단다. 시술은 빨대보다 굵은 구멍 세 개를 뚫고 장비를 넣어 쓸개를 흡입하는 방식이며, 이와 같은 이유로 부분 마취 후 시술을 진행한다는 게 그들의 설명이었다. 시술 장소는 지하에 있는 유리 병실이었다. 커다란 유리창 너머로 어머니의 일그러진 얼굴과 끔찍한 비명을 오롯이 보고 들었다. 잠을 자던 개가 갑자기 나타난 범에게 목이 물릴 때의 표정과 신음을 나는 그날 어머니에게서 접했다.

시술이 끝나고 쓸개에서 나온 돌을 보았다. 흰색도 있고 회색과 검은색도 있다. 불가사리같이 삐죽삐죽하거나 초콜릿처럼 반듯한 모양이 섞여 있었다. 별처럼 영롱이다 취한 듯 몽롱했다. 몸에서 나온 한주먹의 돌을 보며 오랜 수행의 결과로 만들어진다는 사리 비슷한 것이 우리 엄마 몸속에 왜 저리도 많은지 분노가 치밀었다. 영광도 명예도 없이 쌓이고 굳은 돌이, 당신이 지나온 돌가루 같은 날의 압축 같았다. 진통제에 취해 잠드신 모습을 확인하고 새벽에 혼자 병원 앞 벤치에 앉아 빨간 십자가를 보았다. 그때 옆에서 담배를 빼끔빼끔 피우던 하얀 환자복을 입은 아주머니가 아무렇지 않게 말을 걸었다.

"마이 힘들지예?"

"예? 아, 예…. 뭐…."

"힘들어도 정신 차리시고 힘 내이소."

"네, 감사합니다…"

누가 봐도 십자가를 등에 진 예수와 내 몰골에 별 차이가 없을 수밖에. 가진 게 많다면 망설임 없이 어머니를 도우미가 있는 특실에 모셨을 거다. 힘이 있었다면 새치기해서라도 어머니를 입원실에 들였을 거다. 아는 게 있었다면 왜, 전신 마취하지 않고 사람을 그렇게 아프게 하느냐고 고함이라도 질렀을 거다. 간호하느라 열흘이 넘게 학교에 못 갔다. 병원비는 물론 회복되실 때까지 우리 형편은 더 어려워진다. 기댈 데 없는 청춘이 붙들어야 할 기울어진 십자가의 무게가 서글펐다. 순간순간이 어둡고 답답했다. 화장실 세면대에 머리를 감으며, 시장에서 산 김밥 한 줄을 입에 넣으며 세상이 참 원망스러웠다.

응급실에서 보낸 날들은 그렇게 가난한 대학생

의 껍질을 벗기고 마지막 남은 속살을 할퀴어 삶의 의지를 잘라 버리기 충분했다.

"힘든 인생 역전 시킬 방법이 있는데
한번 들어 볼라는교?"

"……"

"마, 다른 건 아니고 잘 들어 보이소…."

아주머니는 어떻게든 돕고 싶다는 강력한 의지를 담아 이름도 생소한 종교에 관해 설명했다. 평소 같았으면 손사래 치며 자리를 털었겠지만 그땐 허리 펼 힘도 없었다. 열심을 담은 입술에서 나오는 일장 연설을 한 귀로 흘리며 이 아주머니가 신이 보낸 사람은 아닐까, 내 사정을 미리 알고 뭉칫돈이라도 예비한 귀인이 아닐까, 연설이 끝나면 어디선가 까만 정장 차림의 비밀 요원이 나타나 내 품에 빳빳한 현금이 꽉 찬 007 가방을 안겨 주려는 게 아닐까, 하는 상상을 했다. 이윽고 주변을 가득 메운 담배 연기와 함께 아주머니의 설명이 끝나자 나는 망상을 깨고 정중히 거절 의사를 내비쳤다. 안타까워 못 살겠다는 표정을 짓던 아주머니는 유언처럼 한 마디 남기고 먼저 자리를 떴다.

"그래도, 구원받을 길은 마, 이 길밖에 없을긴데…."

아주머니는 다리를 다쳤는지 절뚝이며 여명의 십자가 아래를 걸었다. 그녀가 내뿜은 담배 연기를 들이마시며 생각했다. '정말 구원이 있다면 지금 그 구원 돈으로 받고 싶다.' 마음이 약해진 탓인지 평소라면 담지 않았을 말과 연기가 영혼을 어지럽혔다.

퇴원을 준비하며 주의 사항을 들었다. 크게 신경 쓸 문제는 없는데, 먹으면 안 될 음식 중 홍시가 마음에 걸렸다. 홍시는 어머니가 제일 좋아하는 과일이다. 가을을 닮은 홍시가 단맛을 품으면 소쿠리 가득 담아 곁에 두시고 한 번에 서너 개씩 드시곤 했다.

"내 이번에, 진짜 아팠다."

"돌, 마이 나왔제? 니 돌 봤나?"

"그런데… 와, 홍시를 못 묵게 하노!

이해할 수가 없네…."

돌아오는 길에 어머니는 홍시를 못 먹게 하는 병원을 원망하셨다. 몸에 박힌 단단한 돌, 변변한 병실

하나 얻지 못해 응급실에서 열흘 넘게 한 생고생, 이제는 쓸개 없는 여자가 된 현실보다 홍시를 못 드심에 더 억울해하셨다.

얼마 전 홍시를 먹고 싶다는 큰딸의 말에 시장에서 홍시 몇 개를 담아 왔다. 이상하게도 어릴 적부터 홍시를 좋아하던 아이. 가을이 붉을 때면 바람 좋은 그늘에 앉아 딸 입에 넣을 홍시를 가른다. 내 손에 든 홍시를 담뿍담뿍 받아먹는 아이를 보며 그날의 응급실을 생각한다.

깊은 바다의 진실

빛바랜 사진 속 어린 어머니의 눈은 크고 쌍꺼풀이 짙다. 보통 체격에 피부는 희고 고우며 누구나 흠모할 만한 미소와 반듯한 외모를 지녔다. 일찍 철들어서인지 또래 소녀처럼 발랄하기보다는 왠지 언니 같은 여유가 담겨 있다. 어머니는 나를 미소 담은 얼굴로 키우셨다. 지금 돌아보면 웃을 이유와 여유가 참 없었을 텐데 아들에게만은 미소를 잃지 않으셨다. 내가 물으면 어머니는 힘들어도 아들만 보면 그저 좋아서 그랬다고 말씀하신다. 그러나 그 미소가 슬픔을 감춘 미소였음을, 어머니의 어린 시절 사진을 자세히 보고서야 알았다.

어머니는 농사가 없는 철에는 장사하는 언니를 돕고 돈을 받았다. 원양어선을 타는 뱃사람 월급이 농부 품삯보다는 나아야겠지만 어찌 된 일인지 아버지의 월급은 해가 쌓일수록 시원찮았다. 바다에서 마신 술값이 그 원인이었을 것이다. 달에 한 번 읍내에 나가 아버지의 월급통장을 확인하던 어머니는 언제나 실망스러운 눈빛으로 통장의 동그라미를 몇 번이고 다시 세어 보았다. 바다로 간 아버지는 믿음직하지 않았고 자식은 점점 자라가는데, 형편은 나아질 기미가 보이지 않으니 어머니는 이모의 청을 마다할 수 없었을 것이다. 상황 분별없던 나는 어찌 됐든 이모 집으로 가는 여정이 좋았다. 기차를 탈 수 있었으니까.

시골 역으로 태권 브이 같은 기관차가 분홍과 연노랑을 반듯하게 칠한 객차를 달고 와 검은 연기를 뿜으며 열을 식힌다. 어느새 두툼하고 누런 창을 단 철문이 철컹하고 열리면 달리지 않은 내 가슴에 기적이 울려 퍼진다. 널뛰는 심장을 다독이며 앞에 놓인 무쇠 계단을 담벼락 넘듯 올라설 때면 들지 않은 오줌이 찔끔거린다. 객실 문이 열리면 찌릿한 쇠 비린내와 꼽꼽한 소파 고린내, 이래저래 섞인 사람 노린내가 코를 자극한다.

예민한 코가 둔해지면 눈은 자연스레 사람 구경이다. 검은색 두루마기와 중절모를 눌러쓰고 한 손에는 나무 지팡이를, 다른 손에는 곰방대를 든 할아버지가 뻐끔뻐끔 내뱉은 연기 뒤로 자신을 숨긴다. 노오란 채소 상자를 등받이 삼아 신문지 한두 장 깔고 앉은 아주머니는 언제 보아도 정겹다. 해진 돈주머니 허리에 찬 그녀들의 대화는 힘이 있고, 그을린 미소에는 꽃과 나무와 바람과 흙이 담겼다. 어제도 입은 듯한 정장을 입고 구겨진 낯빛으로 출근하는 직장인도 보이고, 그와 상반된 표정과 과장된 몸짓으로 기차 여행을 즐기는 연인도 보인다. 그때는 기차가 지금만큼 빠르지 않았기에 더 많은 사람을 눈에 담을 수 있었나 보다. 주위에 앉은 사람과 아무렇지 않게 말을 걸고 농담도 주고받을 수 있는 여유가 덜커덩거리던 기차에는 있었다.

코와 눈이 할 일이 끝나면 다음은 입이다. 온종일 손꼽아 기다린 이 순서는 독특한 음색에 실려 온다.

"오징어~ 땅콩 있어요~"

"계란~ 맥주도 있어요~"

은빛 카트가 승전한 로마군의 전차처럼 전리품을 가득 싣고 들어선다. 하얀 장갑을 낀 아저씨는 바퀴를 부드럽게 굴리며 주술을 외듯 애간장을 조인다. 이제는 추억이 된 홍익회 카트 아저씨와 그 목소리가 그립다. 요즘은 기차는 물론 어디서나 살아있는 음성보다는 녹음된 기계 소리를 더 많이 듣는다. 식당이나 카페에서는 기계가 대신 주문을 받거나 심지어 음식을 만들어 내기까지 한다. 아이들은 익숙하게 테이블에 놓인 작은 화면을 두드리며 만족하지만, 나는 사람과 눈을 맞추고 체온과 체취를 느낄 기회가 사라지는 현실이 안타깝다. 그럴수록 낯선 이와의 만남이 더 부담스럽고 어려워질 테니 말이다. 이렇게 시간이 흐르면 통역 앱이 외국인과 소통을 돕는 것처럼, 새로운 사람을 만났을 때 중간에 놓을 기계가 생길 수도 있겠다는 희한한 상상도 해 본다. 어쨌든 어머니는 적당한 때에 카트를 멈추고 삶은 달걀과 사이다 한 병을 집어 든다.

"엄마, 오징어도…."

어머니는 못 이긴 척 빳빳한 비닐에 공기 없이 조미된 오징어를 더한다. 덜컹거리는 기차에서 즐기는 계란, 사이다, 오징어는 단순한 오락을 넘어선 행복이었다. 마지막 남은 오징어 조각을 입에 넣고는 손에 묻은 기름을 쪽쪽 빨면 어머니는 물수건으로 내 손을 닦으며 "그렇게 맛있나?" 하신다.

저마다의 사연과 추억을 실은 기차가 목적지에

다다르면 다시 버스로 한참을 달려 종점에 내린다. 땅거미 진 논두렁과 어둑해진 골목길을 걸어 마침내 이모를 만난다.

그곳에서는 이 골목 저 골목에서 만난 또래와 구슬이나 딱지를 친다. 지나는 방역 차를 쫓아 뿌연 연기에 깔깔대며 연무를 추기도 한다. 가끔은 구름다리를 걷거나 케이블카를 탔고, 언 강에서 사촌 누나가 밀어주는 얼음 썰매는 백미였다. 가끔은 망태 할아버지를 만나 잔뜩 겁을 먹기도 했는데, 검고 커다란 할아버지가 "우리 집에 갈래?" 하며 내 몸을 끄는 시늉을 하면 너무 무서워 울지도 못할 지경이었다. 모르는 사람 틈에서 보호자 없이 하루 종일 뛰어노는 일은 지금 아이들에게서는 상상할 수 없다. 그 시절에는 사람과 자연을 믿을 수 있었기에 가능했다. 옛 성인의 말처럼 아이 하나를 온 마을이 함께 키운 것이다. 낯선 사람과의 만남이 두려워진 세상에서 사람과 강과 들판 대신 PC나 스마트폰 속으로 방치되는 아이들이 나는 무척이나 가엽다.

어머니는 장사가 끝나면 밥을 짓고 청소와 빨래를 하셨다. 그렇게 몇 주나 달을 보내면 다시 오징어와 달걀을 누리며 집으로 돌아올 수 있었다. 그곳에서 어머니는 아들과 눈이 마주칠 때마다 미소를 지으셨다. 열 명에 가까운 식구가 내어놓은 옷가지에 빨랫방망이를 힘껏 두드리면서도, 수백 마리 닭 털을 벗기고 내장을 후벼파면서도 아들 눈에는 미소만 심었다. 나는 슬픔을 숨긴 어머니의 미소를 보며 자랐다. 세월이 갈수록 그 뒷면의 그늘이 느껴진다. 손이 발이 돼가며 가시밭길만 걸으면서도 어머니에게 있어 자식은 거짓 미소라도 짓게 한 이유였다.

나도 어머니처럼 딸에게 당당하고 멋진 모습만 보이길 원한다. 전리품을 가득 챙긴 승리자의 웃음을 지닌 아버지로 기억되고 싶다. 하지만 세상은 마음대로 될 리 없어 사업에 실패하기도, 가진 돈과 돌아갈 자리를 한 번에 잃기도 했다. 지인에게 의지하고 싶은 마음을 품었다가 오해와 후회와 상처만 남긴 선택은 무엇보다 최악이다. '나란 인간의 한계인가.' 자책하며 좌절과 절망 속을 거닐었다. 어릴 적 아버지로부터 받은 고통 때문일까. 나는 슬픔에 익숙하다. 사실 평범한 일상은 물론 기쁨의 순간에도 마음 한편에 채 지워버리지 못한 슬픔의 그림자가 어른거린다. 어릴 때부터 누구에게도 진짜 내 모습을 보이고 싶지 않아 과하게 떠들고 장난치며 괜찮은 척했다. 슬프지 않은 척 아프지 않은 척이 습관이 되었다. 그래서 가족에게까지 꾸민 얼굴을 내놓고는 하지만 한계가 있음을 안다. 세월이 쌓이며 아이에게도 내 슬픈 미소가 새겨지고 있는 것은 아닌지 겁이 난다. 아무리 빛으로 포장해도 시간이 딸에게 진실의 눈을 들일 테니까.

하지만 이제 조금 알 것 같다. 인생이 빛으로만 채워지지 않음을. 패전도 가치가 있음을. 어머니의 그늘진 미소가 지금 나를 위로하듯 나의 그것이 아이에게 삶과 성장의 또 다른 진실을 가르치리란 것을….

짧은 하루에도 빛과 어둠이, 밝은 날에도 이면의 그늘은 공존한다.

하늘에 새가 태양의 은혜를 누린다면 바닷속 깊은 곳에서 어둠을 빛 삼아 살아가는 생명도 있다. 어둠도 그늘도 의미가 있으니, 있는 모습 그대로. 감추지 말자.

그냥 모두가 힘들어서

가난한 대학생에게 방학은 등록금 마련의 기간이다. 막노동은 고생스럽지만 다른 일보다 돈이 된다.

여름 방학, 도로 공사 현장에서 자재 나르는 일을 했다. 교량에 콘크리트가 채워질수록 늘어나는 계단이 야속하고, 대지와 멀어질수록 커지는 중력이 끔찍했다. 역대급 태양이 등을 익히고, 시멘트벽에 반사된 열은 얼굴을 삶았다. 하루 종일 전자레인지 안을 도는 기분이었다. 젊은 청년이 일 잘한다는 반장의 칭찬은 당나귀에게 당근처럼 앞만 보고 죽을 둥 살 둥 달리게 하는 채찍이었다. 씩씩하게 시작한 친구들이 하나, 둘 집으로 돌아가도 나는 견디고 버텼다. 등록금, 교통비, 밥값, 책값, 그리고 어머니를 생각하면 울고 싶고 눕고 싶음도 이겨낼 수 있었다. 퇴근 후 차가운 물을 뒤집어쓰면 '치익, 취이이익.' 몸에서 쇠 식는 소리가 나며 솟은 김이 욕실을 메웠다. 그대로 내일이 없는 잠에 들면 좋겠다고 생각했다. 모래 같은 밥을 씹으며 여기저기 파스를 붙였다. 새벽이면 목이 타는 듯한 갈증에 냉장고 문을 열고 벌컥벌컥 물을 들이켰다.

방학이 끝나갈 무렵 같이 일하던 아저씨에게 이상한 말을 들었다. 원래 잡부 일당이 사만 오천 원이 아니라 육만 원인데 만 오천 원을 위에서 떼먹는다고…. 태양이 가슴에 들어왔다. 불덩이 같은 몸으로 소장실 앞에 섰다.

"우리 일당이 얼맙니까?"

"사만 오천 원 아이가? 와?"

"육만 원이라 카던데예."

"누가 그런 소리 하더노?"

"내 돈, 만 오천 원 더 주이소!"

"학생, 그거는 학생이 잘 몰라서 그카는데, 다른 데서도 다 그래 한다. 사만 오천 원도 적은 돈 아이다. 학생이 어데 가서 그 돈 받겠노?"

원청에서 내려오는 잡부 임금은 육만 원이다. 하청회사는 잡부 임금에서 만 오천 원씩 떼어 간식도 사고 회식도 하고 사무실 물품도 채워 놓는다는 게 소장의 설명이었다. 그럼, 그동안 인심 쓰듯 내민 크림빵과 사이다를 내 돈으로 샀단 말인가. 두 달 동안 회식에 '회' 자도 듣지 못했다. 사무실 방문은 면접 후 처음이며 볼펜 한 자루 쓰지 않았다. 이게 말로만 듣던 사회생활이라는 건가. 도무지 받아들일 수 없는 말을 듣고도 힘없고 백 없는 청년은 등을 돌려야 했다. 그저 사만 오천 원에 감사하며.

받은 돈을 어머니께 드렸다. 어머니는 말없이 고개를 떨구셨다. 속이 상했다. 떼인 돈, 만 오천 원이 뇌에서 맴돌았다. 어머니께 더 두툼한 봉투를 드릴 수 있었는데. 그 말을 전한 아저씨도 미웠다. 차라리 몰랐으면 속이라도 편했을 것을. 그간의 고생이 소나기처럼 가슴을 훑었다. 다음날 오랜만에 친구들과 회포를 풀고 돌아왔는데 늘 계시던 어머니가 보이지 않았다. 밤늦게 오신 어머니는 평소와 달랐다.

어머니가 취한 모습은 그날이 처음이자 마지막이었다. 비틀거리는 몸으로 웃으며 눈물을 쏟았다. 그땐 그저 그런 모습이 낯설고 당황스러워 다른 해석을 더 할 수 없었다. 그냥 모두가 힘들어서라고 여겼다.

세월이 지나 사랑하는 딸을 안고 어머니를 돌아

보니 애잔하다. 당신의 몸이 망가지고 멍이 드는 건 소처럼 견디시던 분이 아들의 한여름 고생에 무너졌다. 학교 문턱 한번 넘지 못하고 가족을 위해 손발이 닳았지만, 대학까지 키운 아들 두 달 고생을 지켜보는 일이 자신이 겪은 일생의 고난보다 애간장을 더 후볐다. 그때 그 사실을 알았더라면 술에 취한 어머니를 꼭 안고 위로하거나 함께 울기라도 할 것을. 만 오천 원 신경 쓰느라 아무 위안도 되지 못한 어리고 아량 없던 내가 답답하다.

초졸도 아닌
바보

지금은 초등학교라고 부르지만, 내가 다닌 국민학교에서는 학년이 바뀔 때마다 어김없이 확인하는 사항이 있었다. 부모님이 학교를 어디까지 다니셨는지부터 시작해서 집이 자가인지 전세인지, 평수는 몇 평인지, 자동차, 텔레비전, 냉장고, 전축, 전화기가 있는지 없는지. 지금으로서는 참 볼일 없는 질문을 던지며 대단한 자료인 듯 부지런히 기록하셨다.

"엄마~ 아빠는 학교 어디까지 나왔는데?"

"응? 음…, 고등학교 졸업했다."

"그럼, 엄마는?"

"엄마는… 중학교 나왔다 아이가."

가슴에 손수건을 매달고 학교에서 돌아온 나의 물음에 어머니는 이렇게 답했다. 그런데 학년이 오를수록 어머니의 말씀이 조금씩 달라졌다. 아버지의 고졸이 중졸로, 어머니는 초졸로, 그리고 중학생이 될 때쯤엔 두 분 다 초등학교 중퇴가 되었다. 결국 다 큰 후엔 이렇게 공포하셨다.

"너거 애비나 내나 초등학교 근처에도 못 가봤다."

"그래도 나는 세상 누구한테도 부끄러븐 짓은 안 하고 살았다!"

어머니는 팔 남매 중 넷째다. 먹을 것 없던 시절에 학교는 꿈꾸지 못했고 대신 공장에서 재봉틀을 돌렸다. 동생들만이라도 학교에 보내겠다는 생각에 여린 손에 거친 돈을 담았다. 버스비를 아끼기 위해 덥고 추운 길을 한 시간씩 걸었다. 일자리가 부족하던 시절, 수당 없는 잔업도 거절하지 않았다. 밤낮으로 발을 굴리며 억센 바늘에 손톱이 으스러져도 붕대를 감고 재봉틀을 잡았다. 일찍 철든 죄로 집안의 기둥이 되어 소녀 시절을 보냈다.

시집갈 나이를 훌쩍 넘겨버린 어느 날, 평소 안면 있던 동네 할아버지가 어머니를 찾았다. 그리고 간절한 모습으로 아들과 결혼해 달라고 사정사정했다. 할아버지는 평생 손에 흙 한번 묻히지 않고 살았다. 그

많은 유산 다 날리고 새 여자에게 낳은 자식 집에 얹혀 살면서도 돌아가실 때까지 제대로 된 직업 하나 없었다. 그런 할아버지도 당신 손으로 버린 아들이 혼자 살아가는 모습은 또 안타까웠나 보다. 참 어리석고 무책임한 사정이었다. 외할머니는 그 사내가 술을 많이 먹는다고 반대했지만, 어머니는 그와 결혼했다.

> **"내가 그때, 너거 할배한테 속았다. 할배가 나쁜 사람처럼은 안 보였거든. 본인 입으로 자기 아들이 그래 나쁜 사람은 아니라 캤거든…."**

속았고, 속고 썩으며 일평생을 살았다. 가난했어도 인자한 부모님 밑에 자란 어머니는 사람이 그렇게까지 개차반일 수 있다는 사실을 예상치 못했다. 영화 속 악역을 현실에서 그것도 본인이 만나리라고는 상상 못 했다.

순수했던 선택, 아무 소용 없지만 평생 자신의 선택을 원망하며 사셨다. 꽃 같던 청춘에 눈 맞춤이 없었을까. 로맨스가 없었을까. 가슴에 묻은 인연이 없었을까. 이런 것을 운명의 장난이라 하는지 신의 계획이라고 하는지 이 세상에서는 알 길이 없다. 악수 중 악수를 두셨지만 한 가지 확실한 건 그래도 어머니는 자신의 선택에 끝까지 책임을 다하셨다는 사실이다.

"내는 가족을 위해 산 죄 밖에 없다."

"그런데 사람들이 내 보고 바보라 카고

잘 몬했다 칸다."

사람들은 위로인 듯 연민인 듯 '왜 아버지 같은 사람 만났냐.', '떠나든 고치든 하며 살아야지 어찌 참고만, 받아주고만 살았냐.' 하며 나무란다. 심지어 나도 비슷한 원망을 했다. 그때마다 어머니는 "그래, 내가 바보 등신이다. 내가 뭘 몰랐다." 하신다. 어리석은 선택을 했으니 바보인지, 그 선택을 끝까지 놓지 않았으니 천치인지 이 땅의 어떤 현자에게도 답을 구할 수 없다.

여든이 넘어 폭언과 폭력을 내두르는 만신창이 아버지를 욕하면서도 '불쌍한 사람이다.' 하신다. 초등학교도 못 나와 무식하다며 고목 같은 주먹을 세워 머리를 쿡쿡 쥐어박는 아버지가 '가엽다.' 하신다. 자신은 원양어선 타며 미국 말도 익히고 러시아 말, 일본 말도 배웠단다. 그래서 유식이 넘치는데 무식한 여자가 누구를 가르치냐며, 치매에 걸려 수백 번 같은 말로 욕하고 조롱하는 아버지를 '안타까운 사람'이라 하신다.

그런 말씀을 할 때면 고구마 백 개를 가슴에 밀어 넣은 것 같지만 물이 아니고는 들어갈 수 없는 구멍 하나 크기로 어머니가 이해된다. 부모 형제, 그리고 자식만 바라고 산 어머니의 몸에 대못처럼 박힌 순수가 어머니를 먹먹한 엄마로 살게 한 것이다. 그 작은 틈이 아니면 어머니의 바보 천치 같은 인생을 위로할 다른 방법이 없다. 견디지 말았어야 할 인생을 당연한 듯 살아 낸 그 미련한 순수. 그래서 나는 초졸도 아닌 어머니가 진정 자랑스럽다.

엄마,
우리 다시 태어날 수 있다면
그땐
내 딸로 와 줄래?

3

폭력이 나에게 남긴 아집

내 장래 희망은 평범한 아버지였다.
회사원이나 과학자가 아닌
평범한 아버지가 내 장래 희망이었다.

장래 희망은
평범한
아버지입니다

내 장래 희망은 평범한 아버지였다. 회사원이나 과학자가 아닌 평범한 아버지 말이다.

윗집 아버지는 40대 중반, 술병에 걸려 마당에 검은 피를 토하며 돌아가셨다. 옆집 아버지는 마음이 언짢으면 아들에게 머리만 한 돌을 집어 던졌다. 앞집 아버지는 춤과 여자에 빠져 자식에게 아무런 관심이 없었다. 그런 마을에서 자랐다. 그리고 나의 아버지는 그 동네 모든 아버지를 합쳐놓은 사람보다 더한 사람이었다.

그런 내게 평범한 아버지는 드라마 속 존재였다. 아들과 손을 잡고 놀이동산에 가는 아버지, 맛있는 반찬을 숟가락에 올려주며 미소 짓는 아버지, 크리스마스케이크 촛불을 함께 불며, 가슴에 선물 상자를 안겨 주는 아버지는 현실 세계에 없었고, 정상적인 가정 또한 없었다.

평범한 아버지가 되겠다는 다짐과 별개로 나이가 들면서 내가 꾸릴 가정에 대한 두려움이 커졌다. 내게 아버지란 일방적인 폭언과 폭압을 뿜어대며 가족을 괴롭히는 암적 존재다. 결혼하고 가정을 가지면 아내에게 저런 남편이, 아이에게 저런 아버지가 될지도 모른다는 막연한 두려움이 내 몸과 영혼에 배어 스스로 안될 사람으로 여기게 했다. 내게 흐르는 아버지의 피는 특별한 공포였다. 늘 사랑에 실패했다. 만나는 사람에게 입버릇처럼 나를 믿지 말라 했고, 나 또한 믿지 않겠다 했다. 지금 생각하면 최악이지만 그때는 나름의 최선을 담은 진실이었다.

대학에서 공무원 준비를 하며 지금의 아내를 만났다. 아내는 옆 마을에 살며 같은 교회를 다니던 동생이었다. "오빠~, 오빠~!" 하던 모습이 그저 젖살 통통한 귀여운 동생 그 자체였는데, 어느새 여자가 되어 내 마음을 흔들었고, 여느 청춘처럼 사랑에 빠졌다. 우린 그저 좋았지만, 문제는 상대 부모님의 심한 반대였다. 바깥사돈 될 사람은 말할 것도 없고 변변치 않은 집안에 모아둔 재산은커녕 가진 건 빚밖에 없는 빈털터리 대학생에게 꽃처럼 키운 딸을 내 줄 부모는 세상에 없었으리라. 딸을 낳아 길러보니 확신이 든다. '이전처럼 포기할까.' 생각도 했었지만 그러고 싶지 않았다. 알 수 없는 이유가 아내를 놓으면 안 된다고 말했다.

그때 내가 할 수 있는 건 신에게 기도하는 것뿐이었다. 매일 교회 문을 열고 늦게까지 하늘에 매달렸다. 몇 달이 지났을까. 어느 순간 감은 두 눈에 지금까지 살아온 내 삶이 영화처럼 펼쳐졌다. 그리고 내가 얼마나 나쁘고 어리석은지 스크루지처럼 보게 되었다. 숱한 오해가 단 한 번의 이해로 순화되며 동시에 그런 내 곁을 지키는 사람에게 이루 말할 수 없는 감사가 넘쳤다. 눈물을 펑펑 흘리며 한참을 엎드렸다가 눈을 떴을 때, 세상의 풍성하고 화려한 빛에 눈이 부셨다. 세상은 그대로겠지만, 눈을 덮었던 오해와 어둠의 비늘이 벗겨졌기 때문이리라. 그리고 희망을 보았다. 어쩌면 나도 평범한 아버지가…, 내 간절했던 바람을 이룰 수 있을지도 모른다는 희망을.

그 일이 있고 얼마 후 아내와 결혼했다. 지금은 '이래도 되나.' 싶을 정도로 행복하다. 욕심을 좀 부린다면 남은 머리가 하얗게 세고, 주름진 얼굴에 검버섯이 송송 피어날 무렵까지 아내와 아이에게 사랑받는 남편, 존경받는 아버지로 늙고 싶다.

"여보, 왜 나랑 결혼했어? 그때 나 아무것도 없었잖아, 도대체 뭘 보고 결심한 거야?"

얼마 전 뜬금없이 묻는 나를 물끄러미 바라보며 아내가 말했다.

"다른 건 모르겠는데 왠지 믿음이 가더라고. 나 하나쯤은 지켜주겠다는 믿음, 믿음 말이야…."

집과
나라와
감옥을
지키는 방법

"엄마, 내 해병대 지원했다."

"와! 와? 거 힘든 데를 갈라카노?"

"어차피 가는 거 좀 센 데 가고 싶어서."

"언제 가는데?"

"내일모레"

"…."

아버지는 군대에 가지 않았다. 누가 물어도 시시한 이유로 농을 치거나 말끝을 감추는 것을 보니 이 바다 저 바다로 도망 다니던 아버지를 행방불명 같은 사유로 나라에서 포기한 것이리라 짐작한다. 아버지와 다른 삶을 살고 싶었던 나는 국방의 의무를 곱절로 해야겠다는 호기로운 마음에 해병대를 지원했다. 나름 높은(?) 경쟁률을 뚫고 합격한 후 입대 삼 일 전에 가족에게 알렸다.

군대 생활은 생각보다 거칠고 서러웠다. 얼어 터진 손으로 일기와 편지를 쓰며 하루하루 버텼다. 일 년이 되었을 무렵 2주간의 휴가를 받아 중력이 사라진 듯한 몸으로 세상의 문을 열었다. 철책 밖 공기는 다디 달았다. 집에 도착해 연습한 경례와 군대식 말투로 반갑게 인사를 나누는데 어머니의 눈빛이 불길하다. '아버지가 또 괴롭힌 걸까. 내가 없어서 더 힘들어진 걸까.' 마음을 졸이며 조심스럽게 이유를 물었다. 한참 동안 먼 곳을 보시던 어머니가 눈물을 삼키며 힘겹게 입을 여셨다.

"너거 아부지…… 감방 갔다."

"와? 뭐 땜에?"

"술 묵고 운전 해가 사람이 죽었다."

"…."

내가 군대에서 죽을 고생을 하던 날 아버지는 만취 상태에서 차를 몰다, 사람을 친 것도 모르고 집에 들어와 잠을 잤다. 새벽에 들이닥친 경찰에 끌려가 재판을 받았다. 어머니는 합의금을 마련하기 위해 집을 담보로 대출을 받았고 친척에게 손을 벌렸지만, 턱없이 부족했다.

군복을 입고 수원에 있는 교도소에 갔다. 햇빛을 많이 보지 않아서인지 얼굴은 더 하얘지고 여기저기 군살이 붙은 모습이었다. 자신은 방장 대우받고 편하게 잘 있으니 신경 쓰지 말라는 말도 했다.

일 년이 더 지나 제대할 무렵 IMF가 터졌다. 은행에서는 부실한 채무자에게 빌린 돈을 당장 갚으라고 명령했다. 어머니는 몇십 년간 손발톱 닳아가며 이자를 갖다 바친 작은 시골 은행의 차가운 시멘트 바닥에 무릎을 꿇었다.

"우리 아들 좀 있으면 제대 해가 집에 오는 데 갈 데가 없다 소리를 우예 하겠는교? 아들 학교도 아직 다 안 마쳤는데, 시집 장가도 보내야 되는데, 집 없이 우째 살겠는교? 한 번만 봐 주이소. 내 이래 빌 테니까 집만 좀 지키게 해 주이소."

아들은 총으로 바다를 지키고 아버지는 지은 죄로 감옥을 지키는 동안 어머니는 무릎과 피눈물로 집을 지켰다. 출소 후에도 아버지는 끝까지 사고 순간이 기억나지 않는다고 우겼다. 자신의 억울함을 풀고 결백을 확인한다며 사고 현장을 몇 번이나 찾았다. 술에 취하면 생각이 날 것 같다며 소주 두 병을 마시고 차를 몰아 현장에 가려고도 했다. 아버지를 뜯어말리는 어머니를 보며 나는 그런 무도함과 어리석음에 치가 떨렸다. 아버지는 평생 자신이 저지른 죄에 대해 스스로 속죄하지 않았다. 가족과 다른 이에게 수많은 피해를 주었으나 그때마다 뻔뻔함과 오만함으로 잘못을 덮었다. 그래서 나는 사람을 욕하고 때리고 괴롭히고 심지어 죽인 아버지의 행실이 생각날 때마다 잘못을 빈다. 아버지로부터의 직접적인 폭력은 끝났지만 내 속죄는 아직 끝나지 않았다. 그것이 내가 할 수 있는 최소한의 도리라고 여긴다. 한편으로는 미워하면서도 내가 아버지 대신 용서를 빌고 바르게 살면 아버지가 조금이라도 달라지지 않을까 하는 실낱같은 기대를 품기도 했다.

아들이 원하던 대학에 입학하고, 군대에 가 그 힘든 제복을 입었으며, 높은 경쟁을 뚫고 공무원이 되었으니 좀 나아질까. 좋은 사람과 결혼하고 눈에 넣어도 아프지 않을 손녀를 안겼으니, 사랑하며 살까. 자신이 저지른 수많은 사고에서 살아남았고 큰 수술 두 번에 누가 봐도 덤으로 사는 인생이니 감사하며 살까. 이제 나이 들고 오만 병이 다 들어 조금이나마 겸손해지지 않을까. 내 작은 기대와 소망은 쌓아도 쌓아도 파도 앞에 부서지는 모래성이었다.

꽃네와
럭키

폭력이 잠들면 마당 한구석에 쪼그리고 앉아 하늘과 땅에 답답하고 서러운 숨을 풀어 놓았다. 그러면 어느새 꽃네는 소리 없이 다가와 뺨의 눈물을 핥고 등을 붙여 작은 온기를 전했다.

꽃네는 진돗개보다 조금 더 크고 전체적으로 뻣뻣했으며, 흔한 갈색 털에 등과 얼굴은 연탄이 묻은 것처럼 거무스름했다. 몸집에 비해 다리가 짧고 귀 한쪽은 반쯤 접혔으며, 꼬리는 말린 것도 일자로 뻗은 것도 아닌 것이 뭐 하나 자랑할 것 없는 똥개였다.

하지만 꽃네는 지금껏 내가 보아온 개 중 가장 탁월했다.

술에 취한 아버지가 이유 없이 겁박하고 때리고 얼굴을 비틀어도 단 한 번 이를 드러내거나 눈빛이 바뀌는 법이 없었다. 목줄도 없는 개가 도망도 가지 않고 고개만 숙인 채 갖은 수모를 받아 내고는 다음 날이면 또 그 앞에서 꼬리를 살랑였다. 어디서든 '꽃네야! 꽃네야!' 부르면 달려왔고, 가는 길 앞을 항상 지켰다. 내게 달려드는 도사견에게도 맞설 만큼 용맹스러웠고 웬만한 말귀는 다 알아들을 정도로 총명했다. 또 새끼를 어찌나 잘 돌보는지 꽃네가 새끼를 품을 때는 살아있는 곰 인형을 안은 듯 경이로웠다.

뒷산에 진달래가 흐드러지면 함께 올라가 향기에 취해, 햇살에 취해 시간 가는 줄 모르고 사슴처럼 토끼처럼 날뛰었다. 한여름 냇가에 소를 매어 놓고 흐르는 물에 발을 담그면 빠질까, 넘어질까, 물가에 내어놓은 어린아이 보듯 낑낑대며 발을 동동거렸다. 물이 무서운지 시늉만 하며 끝내 들어오지 않았던 건 아마 내가 진짜 위험한 상황을 만들지는 않아서이리라. 추수를 마친 논에 들어가 연을 날리면 멀어지는 종이연을 바라보며 컹컹 짖다가 고개를 갸웃거렸다. 짚단을 헤집어 쥐나 두더지를 잡기도 했는데, 무슨 사냥개라도 된 양 전리품을 내밀어 놓고는 낯은 괜스레 먼 산을 향했다. 눈이 오는 밤이면 가로등 불빛에 비친 함박눈의 공의로움에 감사하며 함께 눈을 맞았다. 내 어깨와 꽃네의 검은 등이 하얗게 변할 때쯤 눈밭을 뒹굴며 축복을 내린 하늘을 찬양했다. 그러다 내가 또 울면 이전과 같은 눈망울로 말 없는 위로를 건네며 슬픔이 마를 때까지 곁을 지켰다.

꽃네와 보낸 십 년 남짓한 시간은 조건 없는 사랑을 배우는 시간이었다. 내 영혼과 몸이 너덜거려도 꽃네는 신경 쓰지 않았다. 우울한 날도 비참한 날도 꽃네와 강아지들은 꼬물거리며 다가와 손과 발을 핥고 품속을 비집었다. 언제든 반겨주고 아껴주는 존재, 가진 것을 따지지 않고 나를 인정하고 세워 주는 그들이 참 고마웠다. 꽃네는 나에게 의지를 담은 몸의 언어로 지켜야 할 존재에 대한 소중함과 책임감에 대해 깨닫게 했다. 강아지를 팔아야 할 날이 다가오면 나는 밤늦도록 그것들을 안고 있다가, 그들의 보금자리에서 잠들기도 했다. 다음 날 장에서 오천 원에 이리저리 팔려 나가는 새끼들의 뒷 모습을 보며 꽃네와 나는 닭똥같은 눈물을 흘렸지만 꽃네는 우리를 원망하지 않았다.

지금 우리 곁의 럭키는 꽃네가 보낸 선물인 것만 같다. 럭키가 버려진 이유를 아무리 추려봐도 그것 말고는 납득이 안 된다. 럭키는 꽃네와는 비교도 안 될 만큼 희고 빛나며, 잘빠진 몸매에 목소리까지 굵다. 햇살 좋던 날 맑은 눈으로 예고 없이 찾아온 순백의 진돗개, 럭키. 그는 꽃네가 내게 그랬듯 나와 우리 아이들에게 추억의 자국을 하나하나 늘린다. 그 자국에 웃음만 가득하기를. 창문을 열고 그 고운 이름을 부르면 천국의 계단을 밟고 단숨에 내려올 것 같은 꽃네와 마주한다.

발가락도 안 닮았다

큰딸이 언제부턴가 둘째를 귀찮게 한다. 주로 말로 놀리거나 오며 가며 슬쩍슬쩍 건드린다. 첫째는 장난이라 하지만 둘째는 괴롭다.

> **"장난과 괴롭힘을 구별할 줄 알아야 해. 장난은 모두가 즐거워야 하는 거고 누구 하나 피해자가 생긴다면 그건 장난이 아니라 괴롭힘이야!"**

큰딸에게 장난과 괴롭힘에 대한 개념을 일러 주며 어릴 적 친구들에게 고통을 주던 내 모습이 떠올라 부끄러웠다. 나는 잠시도 장난을 치지 않고는 견디지 못하는 악동이었기 때문이다.

연필 깎는 칼을 손에 숨겨 살금살금 다가간다. 때를 노려 여학생들이 뛰어노는 까만 고무줄을 끊고 혓바닥을 끝까지 내밀고는 잽싸게 도망친다. 주변에서는 환호와 야유가 동시에 쏟아진다. 짜릿하다. 고무줄을 놀던 덩치 큰 아이 하나가 잡히면 그냥 두지 않겠다는 표정으로 달려온다. 키는 그 여학생이 더 크지만 달리기는 내가 빠르다. 특히 장애물 경기만큼은 누구에게도 지지 않을 자신이 있기에 "잡아봐라~ 잡아봐라~" 하며 시소와 타이어를 넘고 화단으로 내달린다. 씩씩거리며 따라오던 아이가 화단 턱에 걸려 철퍼덕 넘어져 나라를 잃은 듯 엉엉 울면 나는 돌아보며 허리를 젖혀 배꼽 빠지게 웃는다.

또 다른 친구의 손에 든 아이스크림을 억지로 빼앗아 내 입에 잔뜩 밀어 넣고는 얼굴을 좌우로 흔들며 입을 벌려 보인다. 소풍 중에는 바위에 올라선 친구를 밀어 넘어뜨리고, 컵라면 먹는 아이의 손을 라면 국물에 담근다. 마지막에 웃어주는 건 필수다. 옆자리 친구는 짝꿍이 된 죄로 학기 내내 장난을 받아야 했다. 심지어 수업 시간에도 멈추지 않았다. 그 착한 친구가 참다 참다 한 대 때리길래 난 몇 대로 돌려주었다. 짝꿍이 울자 선생님께서 우리를 불러 매를 때리신다. 나는 웃으며, 친구는 코를 휴지로 막은 채 울며 매를 맞았다. 그때 그 친구는 내가 얼마나 미웠을까. 그리고 나는 또 왜 그리 심한 장난을 즐겼을까. 누군가 괴롭히지 않고는 해소할 수 없는 무력감의 표현이었을까. 아버지에게 당한 고통을 다른 이에게 전달 하고자 하는 못난 본능이었을까.

중학교 2학년 때 얼떨결에 다니기 시작한 교회에서 주최하는 수련회에 참석했다. 처음이라 어색했으나 초, 중, 고 하나밖에 없는 시골 마을이라 아래위로 얼추 아는 사이기도 했고, 다정한 선생님 덕분에 달콤한 시간을 보냈다. 돌아오기 전 3박 4일의 아쉬움을 달래며 둘러앉아 롤링 페이퍼를 돌렸다. 노란색 도톰한 종이 맨 위에 이름을 적고 한 방향으로 돌려가며 각자 하고픈 말을 쓰고, 하트나 꽃도 그렸다. 며칠을 동고동락한 덕일까. 아이들은 나름 진지하게 정을 담아 펜을 굴렸다. 돌아오는 차에서 연애편지라도 받은 듯 두근대는 마음으로 고이 접힌 노란 종이를 꺼내 들었다.

같은 교회에 다니게 되어 좋다느니, 앞으로 더 친하게 지내자느니 하는 달달한 문장이 코끝을 간지럽히고 입꼬리를 들어 올렸다. 누군가는 정갈하고 반듯하며 또 다른 이는 삐뚤빼뚤 제멋대로였지만 진정이 담긴 사연은 촉촉하게 마음을 적셨다. 그런데 하나, 둘 읽다 보니 반복되는 문구가 가시처럼 삐져나와 눈을 거슬렀다. 서른 명 남짓한 선생님, 형, 누나, 친구, 동생 예외 없이 마치 어젯밤 내가 잘 때 짠 것처럼 '너는 다 좋은데 심한 장난만 안 치면 진짜 최고겠다.'라는 식의 문장을 마음이 다치지 않을 수준으로 적당히 포장하여 넣었다. 보고 또 보았지만 단 한 사람도 빠짐이 없었다. 수치심과 배신감이 밀려왔다. 그렇게 재미없었나. 같이 떠들고 웃었으면서, 다들 내 장난으로 즐거웠으면서…. 짜증과 화가 뻗치며 그들의 친절과 배려가 결국 나를 길들이기 위한 가식으로 느껴져 다시는 교회에 나가지 않겠다고 다짐했다.

흔들리는 차창 밖 지나치는 풍경을 바라보며 말을 잃었다. 얼마나 달렸을까. 어둑해진 차창에 어둠이 들어 산과 들을 가릴수록 또렷해지는 내 얼굴을 바라보는데 갑자기 아버지가 보였다. 그렇게 미워한 아버지가, 영원히 사라지기를 오늘 아침에도 기도했던 아버지가 내 얼굴에 나타났다. 쓸데없는 농담으로 진저리 치게 하는 아버지, 답할 가치가 없는 질문을 쏟아내며 가족을 숨 막히게 하는 아버지, 관심 없는 이야기를 몇 시간이나 토해내며 "내가 누군 줄 아나? 내가 그런 사람이다. 이것들아 무시하지 마라!" 고함치는 아버지, 감정이 격해지면 밥상도 엎고 술상도 엎고 컵과 리모컨, 텔레비전도 던지는 소도둑 같은 아버지. 그런 아버지를 닮은 바늘 도둑이 창에 들어 비열한 웃음을 지었다. '그래, 나는 어쩔 수 없는 그 아버지에 그 아들이구나. 이렇게 어른이 되면 아버지처럼 주변을 질식하는 삶을 살겠구나.' 허탈함과 두려움이 심장을 조였다.

그 사실을 도저히 받아들일 수 없어 다음날부터 내 속에 흐르는 아버지의 피를 한 톨도 남기지 않고 없애 버리기로 작정했다. 지금까지 아버지를 봐 왔기에 반대로만 하면 된다고 생각했다. 나서거나 자랑하거나 떠들지 않으려 애썼다. 세 번 이상 고민한 후 말하고 몸으로 먼저 다른 사람을 건드리지 않기로 맹세했다. 항상 상대방의 입장이 되는 훈련을 했다. 비꼬거나 무시하는 말은 뱉지 않고 삼켰다. 말수와 장난기가 가라앉으며 친구와의 다툼도 줄고, 고등학교를 졸업할 무렵에는 있는 듯 없는 듯 복도에 걸린 무채색 그림과 같았다.

그 후에도 아버지의 사상, 철학, 경험, 소신, 버릇, 말투, 처세, 자세, 취미, 식성, 웃음소리, 옷 입는 스타일, 발톱 깎는 방법 등 그 무엇 하나 닮지 않으려 목숨을 걸었다. 피를 물로 바꾸는 기적에 날마다 도전했다.

"제발 연락 좀 해. 너는 왜 그렇게 형에게 무심해?" 나를 친동생같이 아끼는 지인이 원망 섞어서 하는 말이다. "살아 있지? 너는, 꼭 내가 먼저 전화를 해야 되냐?" 몇 안 되는 죽마고우에게 자주 듣는 핀잔이다. 아버지는 이 사람 저 사람에게 시도 때도 뜻도 없는 전화 걸기를 좋아했다. 전화기가 뜨거워지도록 아무런 유익 없는 전화를 돌려댔다. 어느 때부터인가 하나, 둘 아버지 전화를 외면했다. 어떤 사람은 열 번에 한 번, 가까운 친척은 다섯 번에 한 번, 횟수를 정해 전화를 받는다. 또 다른 지인은 가족 중 대표만 아버지 전화를 받기도 했고, 그마저도 수신 거부로 이어졌다.

나는 안부 전화를 하지 않는다. 연락이 없으면 '잘 지내겠지.' 한다. 궁금한 마음이 파도처럼 일어도 상대가 바쁠까, 귀찮지 않을까, 하는 어리석은 걱정으로 전화기에 뻗은 손을 거둔다. 아버지를 닮지 않으려는 오랜 의지가 만들어 낸 부작용이다.

"그래도 니가 아부지 안 닮아가 엄마는 얼마나 감사한지 모른데이. 니가 아부지 닮았으면 엄마는 진즉 이 세상 사람이 아니었을기라."

어머니 말씀이 옳다. 선뜻 안부를 묻지 못하고 다정한 감정을 전하지 못할지언정 내가 만든 최선이다. 세 번 생각하다 말할 기회를 잃고 무채색으로 살아도 구름처럼 만족한다. 흔들리던 차창에 비친 아버지의 피는 지난 걸음에 흘려보냈으니. 이제 나는 아버지와 발가락도 닮지 않았다.

미쳐간다

손톱깎이로 발톱을 깎다가 발뒤꿈치의 굳은살을 잘랐다. 손톱깎이가 굳은살을 자르는 서걱서걱하는 소리가 좋았다. 처음엔 굳은살만 자르려 했는데 조금씩 범위가 넓어져 뒤꿈치 전체를 벗기고 시간이 지나 발가락 밑까지 벗겼다. 운동화를 신고 걸으니 발바닥 이곳저곳이 따끔거렸다. 학교에서 돌아와 양말을 벗자, 여기저기 빨간 핏물이 뱄다. 다음날은 손바닥 아래 껍질이 단단한 부분부터 벗겼다.

피가 삐질 거리는 내 손발을 보고 아버지는 "저거는 뭐 때문에 저 지랄이고." 했다.

모기가 물거나 무언가에 긁혀 딱지가 앉으면 그 딱지를 떼어낸다. 딱지가 앉으면 또 떼어내고 곪아 고름이 생기면 피고름을 짜는 끔찍한 고통이 짜릿했다. 가끔 무에타이 선수처럼 정강이가 퉁퉁 붓도록 마당에 심긴 모과나무 기둥을 차고 또 찼다. 퉁퉁 부어오른 정강이에 피가 보이면 왼발로 바꿔 찼다. 어머니는 내 몸에 고름을 쥐어짜며 "야는 와 이래 종기가 잘 생기노?" 하셨다.

아주 어렸을 때부터 내 몸보다 훨씬 큰 오토바이를 탔다. 오토바이가 최고속도에 다다르면 눈물이 바람에 흩날리는데, 그때 눈알이 마르는 따가움이 뿌듯했다. 한겨울엔 오 분만 달려도 온몸이 얼어붙는다. 뼈와 살이 굳어가는 느낌은 자랑스럽다. 길로만 다니는 것보다 논과 밭을 헤집으며 점프하거나 물살을 가르며 시냇물을 건너는 건 더 멋지다. 때로는 산을 오르기도 하는데 길도 아닌 곳으로 마구 올라가다 뒤로 뒤집히는 일도 허다했다. 가끔 기절해 낙엽 위에 잠들면 환상이다.

한번은 신나게 산을 오르다 옆으로 넘어지며 시뻘겋게 달구어진 배기구에 장딴지가 쓸렸다. 주먹 크기만큼 살 껍데기가 사라지고 탄내가 난다. 이윽고 하얗게 벗겨진 속살에서 수만 개의 분수가 솟는다. 투명한 물에 이어 빨간 물이 올라오는데 그 모습을 한참 지켜보다 바지를 쓰윽 내리고 집으로 돌아왔다. 아버지에게 들키고 싶지 않아 여름내 긴 바지만 입었더니 화상 부위가 곪았다.

곪은 장딴지를 를 본 아버지는 "저 미친놈 뭐 될라고 저라노." 했다.

무슨 일이었는지 친구와 다투다 너무 화가 나 옆에 있던 공중전화 부스 유리창을 주먹으로 힘껏 때렸다. 한겨울 얼어붙은 탓인지 그 두꺼운 유리가 주먹 모양으로 뻥 뚫렸다. 그 정도까지 되리라 예상치 못한 나는 너무 놀라 움직일 수 없었고, 그 찰나에 손등 위로 크고 작은 유릿가루가 얼음 빙수처럼 차르르 떨어져 손등에 수십 개의 미세한 균열을 만들었다. 정신을 차리고 주먹을 거두다 날카롭게 삐진 유리 끝에 손등이 계곡처럼 파였다. 순식간에 손등은 피바다가 되었다. 정떨어진 표정으로 선 친구를 집으로 돌려보낸 후 길에 떨어진 목장갑의 흙을 털어내고 너덜너덜해진 손을 비벼 넣었다.

'미친놈… 진짜 미친놈.' 하며 집을 향해 걸었다. 빨간 물감통에 담갔다 뺀 것처럼 발걸음마다 검붉은 피가 뚝뚝 떨어졌다. 그나마 버스도 끊긴 밤의 어둠이 고마웠다.

그때는 내 몸을 스스로 괴롭히는 이유를 알지 못했다. 사실 별 통증도 느낄 수 없었다. 아마도 나는 그때 내 몸을 상하게 해서 속에 가득 찬 울분을 해소한 것이리라. 키우던 개를 발로 찰 수도 없고 아버지를 해코지할 힘도 용기도 없었기에 가장 만만한 내 몸을 택한 것이다. 세월이 지나 많이 흐려졌지만 내 손과 다리에는 그날의 흔적이 남았다. 가끔 그 흔적을 살피며 후회와 연민에 빠진다.

우연히 눈에 띈 아이가 일정한 간격으로 눈을 뒤집거나 머리를 흔들 때, 손톱에 거스러미를 뜯어내 비치는 핏자국이나 손과 팔에 스스로 낸 칼자국을 볼 때, 나는 어둠처럼 그 아이를 덮고 그건 네 탓이 아니니 아프지 말라고 말해주고 싶다. 흉지지 않게 마음을 잡아주고 싶다.

들개의 피

할아버지는 4대 독자였다. 양반이 아니었음에도 부농이었기에, 서당에서 글을 배웠다. 얼마나 곱게 자랐던지 돌아가시기 전까지 그 손과 얼굴이 백옥 같았다. 할아버지는 여자를 좋아했다. 어느 날 멀쩡한 조강지처를 두고 다른 여자를 집으로 들였다. 그녀는 작은 체구에 눈꼬리는 위로 입꼬리는 아래로 처졌으며 콧대는 움푹하고 목소리는 걸걸했다. 그리고 그 여인과 할아버지는 정부인은 물론 그의 자녀들까지 집에서 내쫓았다. 아버지는 그렇게 할아버지에게 버림받고 들개가 됐다.

할아버지는 여자를 좋아했고 아버지는 술과 술친구를 좋아했다. 원양어선을 타는 사람에게는 1~2년에 한 번씩 짧은 휴가가 주어진다. 그때마다 아버지는 친구와 술에 빠져 어머니를 비롯한 가족 모두를 관심 밖으로 밀어냈다. 그런 아버지가 집으로 돌아온 어느 토요일 오후, 학교에서 돌아와 아버지와 그의 고향

친구들을 보았다. 그들은 몸과 머리를 아무렇게나 두고 마룻바닥에 쓰러져 거친 호흡으로 코를 골았다. 책가방 크기의 병에 담긴 3년 된 매실주는 모두 사라지고 매실만 덩그러니 남아 있었다. 널브러진 술꾼들을 바라보며 삼 년 동안 독주에 전 매실 한 알을 입에 넣었다. 역겨웠다. 오후 늦게 잠에서 깨 머리가 깨지겠다는 표정으로 해장술을 찾아 읍내로 향하던 모습이 아버지 친구에 대한 기억의 전부다. 친구의 아들에게 천 원짜리 한 장 손에 쥐여 주거나 살가운 말 한마디 건네는 이가 없었다.

나는 여자와 술과 술친구 그리고 노름을 좋아했다. 초등학교 3학년 때부터 한시도 쉬지 않고 사랑을 했다. 대부분 짝사랑이었지만 그렇게 여자가 좋았다. 어느 날 우리 집을 찾아온 유기견 럭키처럼 언제나 여자의 흔적을 찾았다. 어른들이 명절에 화투를 치면 곁에서 파장이 날 때까지 판에 몰두했다. 집으로 돌아가서는 친구나 동네 형과 주말에 모여 밤새 십 원짜리 고스톱을 쳤다.

대학에 들어가 선배들의 성화에 못 이긴 척 입에 댄 술잔에 영혼을 뺏겼다. 막걸리에 사이다를 섞어

달고 걸쭉한 게 입에 쩍 덜러 붙었다. 입대하기 전까지 학교를 마치면 선배들을 따라다니며 새벽까지 술을 먹었다. 술자리에서 남, 여 가리지 않고 술친구를 만났다. 선배들을 만나지 못하는 날에는 친구들 주머니에 든 천 원, 이천 원을 모아 기본 안주를 사다가 코가 말라비틀어질 때까지 마셨다.

내 속에 흐르는 피는 역시 물보다 진했다. 그 피를 없애려는 노력과 흐르는 데로 받아들이려는 본성이 공존하는 삶이었다. 대학 생활은 엉망이었고 학사 경고를 받고는 군대에 갔다. 해병대를 선택한 자신을 날마다 욕하며 근근이 하루하루 채웠다. 친구들과 술 먹고 놀 생각에 제대할 날짜만 손꼽아 기다렸다. 그러나 계급장이 하나, 둘 늘어날 때마다 나도 세상도 변해가고 있음을 그때는 알지 못했다.

인생의 초반을 나는 참 생각 없이 보냈다. 평범한 또래가 할 수 있는 정도의 생각조차 하지 못했다. 대학은 적성과 미래에 대한 고민 없이 성적에 맞췄다. 군대는 답 없는 세상과 책임감 없이 살아온 나로부터의 도피처였다. 어쩌면 아버지를 닮지 않으려 노력한 시간이었지만 다른 방향에서 보면 나는 늘 도망을 다닌 셈이다. 아버지는 물론 학교와 세상, 심지어 나 자신으로부터의 도망 말이다. 그러나 그때는 알지 못했다. 책임 없이 넘긴 세월에서 도망갈 수 있는 사람은 이 땅에 없다는 사실을. 내가 버린 시간은 언젠가는 돌아와 게으름과 어리석음에 대한 책임을 반드시 묻는다는 진리를. 그리고 그날이 오면 소홀했던 시간의 빚을 갚기 위해 혹독한 대가를 치러야 한다는 삶의 이치를 말이다.

1999년,
지구가
멸망했다

1999년 추석을 며칠 앞두고 제대하던 날이었다. 그해 9월 29일 지구가 멸망한다는 예언을 누군가 했다면서, 제대해봤자 아무 의미 없다던 후임병의 농을 콧등으로 튕겨내며 가볍게 철문을 나섰다. 세상이 사라진다 해도 그 마지막을 군대에서 보내고 싶지는 않았다. 내일 지구가 멸망해도 한 그루의 사과나무를 내 집 마당에 심겠다는 굳은 의지로 역에 다다랐는데 눈앞에 영화 같은 풍경이 벌어졌다. 눈을 의심할 만큼 많은 수의 노숙자가 대합실을 점령한 것이었다. 더 놀라운 건 내 지식으로 노숙자의 옛말은 거지인데, 가만히 살펴보니 눈앞의 그들 중에는 내가 기억하는 망태 할아버지와는 댈 수 없을 정도로 멀쩡한 사람들 역시 섞여 있었다는 사실이다. 의복과 얼굴이 좀 상하고 수염과 머리가 말끔하지 못했으나 분명 그들에게는 한때 시쳇말로 잘 나간 흔적과 점잖은 기품이 내재 되어 있었다. 국가부도 상황이 아니었다면 사랑하는 가족과 더불어 자기 자리를 당당하게 지킬 보통의 시민들이었다. 그런데 그때 그들은 차고 딱딱한 플라스틱 의자에 총총히 앉아 원망스러운 세월에 보이지 않는 눈물만 떨구고 있었다. IMF 상황에 길거리로 내몰린 이들의 모습에 지구가 멸망한다던 후임병의 말이 이런 뜻인가 싶어 두려웠다.

친구들과도 예전 같지 않았다. 술을 먹어도 즐겁지 않았고 관계의 의미를 찾기 힘들었다. 국가부도라는 위기감, 이제 더는 피할 곳 없다는 절박함, 아니면 죽을 둥 살 둥 버텼던 군대라는 고난이 철을 들게 했을까. 상황을 객관적으로 살폈다. 누나는 결혼해야 하고 어머니는 나이 든다. 아버지는 감옥에 있다. 가진 건 내 몸을 팔아도 다 갚을 수 없는 빚이 전부다. 아버지가 돌아오면 예전과는 다르겠지만 어쨌든 또 싸워야 한다. 삼 년 전과 다른 세상에 더는 도망갈 곳도 없다. 암울한 현실에 결국 믿을 수 있는 건 자신뿐이었다. 최악의 상황이었으나 학업을 포기할 수는 없었다. 일단 복학을 하려면 등록금을 벌어야 했기에 닥치는 대로 아르바이트를 했다. 복학 후에는 제일 앞자리에 앉아 강의를 들었다. 앞자리는 어색했고 낯선 후배들은 서먹했지만, 차츰 익숙해지며 정이 들었고 그들에게 도움을 받으며 학업에 집중했다. 그리고 그 학기에 장학금을 받았다. 장학금 결정이 나던 날 기대 없이 벤치에 앉아 하늘을 보는데 지나가던 교수님이 어깨를 툭 치시며 주먹을 불끈 쥐어 보이셨다. 삼 년 전만 해도 상상할 수 없던 내 모습이었다.

그렇게 친해진 동생들과는 시험이 끝나는 날 그러니까 한 학기에 두 번 정도 술자리를 가졌다. 그마저도 밥을 먹으며 곁들이는 정도였다. 뒤에서 놀던 친구들과는 자연스레 멀어졌다. 물리적 간격도 그 이유였으나 그쯤 되니 마음의 거리감이 더 멀었다. 장학금을 받은 후에는 국가자격증에 도전했다. 자판기 커피 한 잔을 아껴 마시며 빈 강의실에서 밤새 공식을 암기하고 문제를 풀었다. 코피가 터지고 살이 빠졌다. 자주 가던 학교 근처 짜장면집 아주머니는 학생이 고생한다며 늘 볶음밥을 농구공만하게 만들어 주셨으나 돌아서면 배가 고팠다. 그리고 몇 달 후 자격증을 손에 넣었다. 이 또한 몇 년 전에는 다른 세상 이야기였으나 선한 후배들의 도움과 바닥인 현실에서 오는 갈급함이 당근과 채찍이 되어 나를 밀어붙였다. 그리고 직업에 대해 고민했다. 집에서는 안정적인 직장을 원했다. 다들 비슷한 상황에 비슷한 생각이었는지 당시 공무원 경쟁률은 하늘을 찔렀다. 삼, 사수 공시생이 수두룩했다. 새벽부터 밤늦도록 두꺼운 문제집을 달달 외웠다. 그리고 6개월 뒤, 적당한 공고가 났을 때 시험에 응시했다. 첫 도전이라 분위기만 볼 생각으로 응시했는데 운 좋게 합격했다. 공무원 임용장을 받던 날 내가 마치 다른 사람의 인생을 연기하는 듯 황홀했다. 흘려버린 시간을 메우기 위해 몇 배로 더 노력한 시절이었다. 그리고 '하늘은 스스로 노력하는 자를 돕는다.'라는 말은 '스스로 노력하는 자에게 돕는 자를 보내 준다.'는 의미임을 알게 되었다. 마음을 바꾸자 새로운 세상이 펼쳐졌고, 천사 같은 이들과 함께하며 나는 조금씩 변해갔다. 무엇보다 아버지와는 다른 사람이 되어가고 있음에 감사했다.

안정된 직장을 가진 후 결혼해 두 딸을 얻었다. 때로는 실패를 만나 다시금 낮은 곳에 머물기도 하지만 대체로 나의 행복 곡선은 위를 향하는 중이다. 물론 내 힘으로 이룬 건 아주 적다. 혼자 감당하기에는 너무 어려운 일들이었다. 그런 의미에서 행복을 가슴에 담을 수 있게 한 이웃과 가족, 그리고 시련에서 기회를 찾게 한 세상에 감사한다. 엑스세대로 태어나 학교 급식 한번 먹지 못하고 IMF, 취업난, 주택난, 경기침체 등 만만치 않은 고난의 세월을 지나왔지만, 고된 세상은 할아버지처럼 또 아버지처럼 살아갈 가능성의 싹에 따끔한 채찍이었기 때문이다.

아버지는 내게 지옥을 보여 천국을 사랑하게 했다. 어머니의 헌신은 더 말할 필요도 없다. 훈련소에서 햄버거와 콜라를 먹고 싶다는 말에 그림을 곱게 그려준 누나, 이등병에게 보낸 편지 속에 누나는 나를 가슴아픈, 그러나 자신이 가장 사랑하는 동생이라 불렀다. 아내는 나를 보듬어 치유된 몸으로 새로운 세상을 걷게 했고, 두 딸은 신의 마음을 헤아리게 한다. 가족과 이웃은 모난 인생에 잔파도처럼 나를 비벼 작은 빛을 들인다. 그 모두는 보이지 않는 실상, 말할 수 없는 울림이며 흙 같은 내 생의 토기장이다.

4

나,
좋은 아버지가
될 수 있을까

보물섬은 파랑새처럼
이미 우리 마음속에 있었다.

아빠는 몇 점이야

"딸! 아빠는 몇 점이야?"

100점이란 말이 톡 튀어나오리라 기대하며 맛깔나게 아침을 씹는 둘째에게 묻는다. 딸은 입에 든 밥을 몰아 한쪽 볼을 볼록하게 한다. 식탁 등을 향해 눈을 치켜뜨고 오른손에는 숟가락을 다른 손으로는 턱을 괸 채 로댕의 생각하는 아이가 된다.

"97점!"

장난처럼 시작했으나 진지한 반응에 가슴을 졸인다. 그런 아빠에게 딸은 숟가락을 까딱까딱 튕기며 판결을 내렸다. 평범을 지향하는 아빠에게는 벅찬 점수일 수 있겠으나, 딸바보 아빠의 욕심은 끝이 없다. 자꾸만 깎인 3점에 미련이 간다.

"딸, 3점은 왜 깎았어?"

"그건, 아빠가 요즘 바쁘다고 많이 안 놀아 줬잖아? 그래서 1점, 밤에 혼자 TV 무서운 거 보니까 1점, 그리고 새벽에 우리는 자는데 운동하러 가니까 1점, 그렇게 3점은 빼야 해! 흥!"

뭐라 반박도, 변명도 할 수 없는 주문이었다. 1점씩만 덜어 오히려 감사하다고 해야 할까. 자신의 판결이 만족스러운지 뿌듯한 표정으로 남은 밥을 냠냠거리는 아이를 가만히 본다. 감점 사유에는 한 가지 공통점이 있었다. 그것은 바로 '함께하지 않음'이었다.

아이는 함께 하기를 원한다. 잠시 헤어짐도 싫은가 보다. 홈스쿨링을 하기에 떨어지는 시간은 조금 전 딸이 외친 시간이 전부다. 심지어 잠도 같이 잔다. 잠결에 아빠의 배와 다리를 베개 삼기도 하는데, 아무렇게나 올려놓은 머리와 다리가 무거워 여러 번 잠을 설치기도 한다. 그러나 함께하고픈 딸의 마음을 알기에 기분이 상하거나 피곤치 않다. 새벽 운동을 마치고 돌아온 아빠의 땀에 절은 몸을 안으며 '사랑해. 사랑해' 하면 나는 '아빠 땀 많이 났어.' 하며 물러서지만 아이는 아랑곳하지 않는다. 이렇게 일 년 열두 달, 큰아이 십삼 년, 둘째 십일 년을 과학 실험실 낡은 서랍에 자석처럼 붙어 지냈다. 그럼에도 아이는 '함께'를 원한다.

나는 아버지 없는 시간과 공간이 낙원이었다. 방 두 개 중 하나는 중학생인 누나 몫이었기에 나는 아버지와 함께 잠을 자야 했다. 어느 날인가 러닝셔츠를 입고 잠든 아버지의 굵은 팔뚝을 보며 아버지의 팔을 베고 눕는 느낌은 어떤 것일지 궁금했다. 허물없이 아버지에게 안기고 배를 만지며 장난을 칠 수 있는 아이가 세상에 있을까 궁금하기도 했다. 나와 아버지와의 거리는 멀어야 두세 평 안이었지만 마음은 양극에 머물렀기 때문이다. 같은 공간에서 최대한 멀어지고 멀어지며 술에 취한 아버지를 견뎌야 했다. 그 목소리 눈빛, 깡패 같은 행동과 욕설 그리고 폭력까지. 나는 아버지가 내는 모든 소리와 냄새를 피하고만 싶었다. 술에 잔뜩 취해 코를 골다 가끔 숨을 쉬지 않으면 그 숨이 영원히 돌아오지 않으면 얼마나 좋을까 기대했다. 만약 아버지가 겨울왕국 주인공의 아버지처럼 바다에서 돌아오지 않았다면 만화 같은 그리움으로 더 후한 점수를 주었으리라.

새벽 운동을 하고, 밤에 한 시간 혼자 휴식을 취하는 일도 눈치를 봐야 한다. 가끔 아빠가 꿈속에서 안아주지 않았다며 잠에 취한 얼굴로 부리는 투정도 받아야 한다. 함께하기를 위한 감시와 누명의 억울함이 유쾌해서 가볍다.

그리고 어젯밤, 매일 만나던 40년 지기 바보상자에게 작별을 고했다. 0점 아버지에게서 자란 나는 98점 아빠가 되련다.

새피엔딩

아이들과 함께 볼만한 프로그램을 살피다 '우리들의 블루스'를 만났다. 늘 푸른 제주 바다를 배경으로 섬에서 나고 자란 사람들의 바다 같은 인생 이야기를 옴니버스 형식으로 그려낸 드라마다. 극에 담긴 모든 장면이 훌륭하지만, 후반부에 등장하는 모자 이야기는 압권이다. 굽이치며 살아온 인생 끝에 암을 만나 죽음을 앞둔 '옥동(김혜자)', 버림받았다는 생각에 단단하게 굳은 껍데기로 세상을 긁어대는 아들 '동석(이병헌)'. 둘의 이야기는 작은 섬에 해일 같은 여음을 남겼다.

옥동과 동석은 평생 쌓아놓은 오해를 그들만의 방식으로 녹여가며 태어나 처음 둘만의 여행에 나선다. 인생의 상처가 만든 딱지 속, 여린 마음으로는 한없이 사랑하기에 더 미워했던 어머니를 업고 한라산을 오르던 모습을 돌려보며 눈물을 삭혔다. 더는 산을 오르지 못하는 어머니를 떼어 놓고 홀로 정상에 올라 한라의 설경을 영상에 담으며 다음에 꼭 같이 오자고 외치던 동석의 절제된 절규가 가슴을 헤집었다. 며칠 뒤

아들이 좋아하던 된장찌개를 끓여놓고 곱게 누워 다시는 깨지 못할 잠을 자던 옥동을 바라보다 꺽꺽 울었다. 아들의 된장찌개 먹는 모습을 깊이 담고팠는지 눈 감은 얼굴은 밥상을 향했다.

여기서 끝이라 해도 누구 하나 나무랄 일 없지만 작가는 이야기를 눈물로 맺고 싶지 않았나 보다. 이어지는 장면에서 모두가 함께 제주의 운동장에 모여 아이처럼 뛰다 넘어지고 다시 일어나 소리치며 달린다. 웃음 속에 아픔과 슬픔이 묻히고 오해와 상처가 떠난다. '넘어져도 괜찮아, 남들도 다 그래, 걱정하지 마, 잘될 거야.'라는 듯 함성을 내지르며 막을 내린다.

우리는 보통 영화나 드라마는 물론, 소설이나 구전까지도 대개 해피엔딩을 선호한다. 악역을 맡은 배우에게 추가 반찬을 주지 않아 울지도 웃지도 못할 해프닝을 만드는 나라가 대한민국이다. 작가가 불행으로 극을 매듭지으면 평범한 일상에서조차 뭔가 잘못된 것처럼 마음 한구석이 찜찜하다. 화면 속 일이 남 일처럼 느껴지지 않고, 유독 주인공의 울음에 눈물을 더하고, 고난이 처절할수록 반전의 순간에는 더 큰 감동과 여운을 느끼고 싶어 하는 것. 이 모든 게 행복한 결말을 선호하는 착하고 한 많은 민족성 때문이 아닐까.

어쨌든 드라마나 영화에서는 해피든 새드든 '엔딩'을 작가 뜻대로 돌려놓을 수 있다. 하지만 화면에서 나와 이 땅에 발을 딛고 선 이들에게 엔딩이 어디 있으랴. 언제나 진행형일 뿐이다. 심지어 죽음 이후에도 '기억'이라는 이름으로 누군가의 심장에 오르내리는 게 우리 삶이기에, 어느 마음 한 구석에라도 남았다면 아직 끝이 아니다.

어린 시절 아버지는 짐승처럼 내 몸과 마음을 할퀴었다. 그리고 벌어진 틈에 소금물을 끼얹었다. 그날의 악몽 같은 시간이 지나면 나는 몸을 웅크려 딱 한 가지만 생각했다. 속히 이 고통이 지나가기를. 이 시간이 내 생에 마지막이 아니기를. 내일이 오늘보다 나을 리 없지만 내일보다 먼 미래에 아직 발견하지 못한 새로운 세계가 있기를. 반드시 있기를. 상처 난 마음과 몸을 여미며 소망했다. 소금물은 쉬이 마르지 않았고 꿈꾸던 미래는 달팽이가 나라의 국경을 넘는 것처럼 더디기만 했다.

내가 성인이 되어서도 아버지는 변하지 않았다.

어머니에 대한 짜증과 욕설은 여전했고 심지어 나이가 들수록 분노 조절 장애는 더 악화했다. 육체가 쇠약해지니 늦가을 독사처럼 남은 악이 더 힘을 내는 형상이었다. 나는 그런 아버지를 무시하는 방법으로 아버지와 거리를 두었다. 같은 집에 살면서 말을 섞지 않고 한 상에 앉아도 얼굴은 쳐다보지 않았다. 그게 편했다. 악과 맞서려면 악이 필요한데 아버지를 힘으로 제압하기는 싫었다. 칼을 드는 아버지와 맞설 만큼 성장했지만, 폭력을 대물림하는 건 가장 한스러운 일이라 생각했다. 누구에게도 그런 모습을 보이기 싫었고 후회나 반성의 여지를 남기고 싶지도 않았다. 무엇보다 내가 폭력으로 아버지를 제압하면 그 아버지에 그 아들이 될 게 뻔했다.

진지한 대화나 화해를 시도하지 않은 건 아니다. 아버지와의 관계가 회복되기를 바라지 않은 것도 아니다. 언젠가 우연히 들른 음식점에서 늙은 아버지와 머리 허연 아들이 마주 앉아 자장면을 먹는 모습을 보았다. 아들은 먼저 자장면을 가위로 잘게 잘라 비빈 후 늙은 아버지 앞에 놓았다. 음식을 먹는 사이사이 중년의 아들은 몇 번이나 휴지로 늙은 아버지의 입에 묻은 춘장을 닦았고, 물잔을 입에 대주며 미소를 띠었다. 늙은 아버지는 아들의 손길을 자연스럽게 받아들이며 자장면을 맛있게 입에 넣었다. 할아버지가 드시는 건 음식이 아니라 아들의 손길에 묻은 사랑인 듯했다. 그날 내 눈에 들어온 부자의 화목한 모습이 얼마나 부러웠는지 모른다. 아버지와의 관계 개선을 위한 책을 읽고 강연에서 배운 방법을 동원하여 어떻게든 아버지를 한 가정의 정상적인 구성원으로 돌려놓기 위해 설득하고 또 설득했다. 그때마다 아버지는 세상의 모든 이치를 통달한 사람처럼 자신은 모든 걸 알고 있고 지극히 정상이니 너희들이나 잘하라고 답했다. 아버지가 정상인과 다르다는 사실을 받아들이기까지 참 힘들었고, 비정상인을 정상으로 돌려놓을 수 있는 능력이 내게 없음을 인정하는 일 또한 힘들었다. 나는 미련스럽게 내일은 서쪽에서 해가 뜨기를 바라고 있었나 보다.

분가 후 아버지의 그늘을 완전히 벗어나자 따스한 햇살이 고개를 내밀었다. 꿈꾸던 가정을 이루었으며 한때 지인의 도움으로 꽤 많은 돈을 벌었다. 그것이 행복이라 믿었고 황폐했던 전반기 인생의 보상으로 주어진 해피엔딩이라 여겼다. 인생을 관람하며 영원히 그렇게 살아도 되는 줄 알았다. 대충 좋은 사람으로 대충 일하고 대충 시간을 보내면 행복한 결말이 지속되리라 속단했다. 아버지는 계속 이런저런 사고를 치고 각종 병을 얻어 병원을 제 집 드나들 듯이 했지만, 그 또한 돈으로 해결하면 된다고 여겼다.

몇 년 후 쉽게 얻은 물질을 모두 잃고 돌아갈 자리마저 사라진 후에야 알았다. 쉽게 가진 물질에 의한 행복은 행복도 부유도 여유도 아니었음을. 만약 그 자리에서 막이 닫혔다면 내 인생은 돈으로 만든 새드엔딩이 분명했다.

실컷 울고 나서 냉정하게 돌아보았다. 교만과 자만을 내려놓고 내가 할 수 있는 일을 찾아 몸을 낮췄다. 처음부터 하나하나 고쳐가고 배워가며 인생 2막을 산다. 소홀했던 시간의 복수를 달게 받으며 아직 끝나지 않은 내 인생 후반전을 치열하게 달려간다.

시간과 몸을 쪼개어 쉼 없이 달리니 오히려 몸과 정신이 맑아진다. 가짜 행복에 묻혀 느끼던 흐릿함과 다르다. 밟고 짓이겨도 잎을 내고 꽃을 틔우고야 마는 민들레처럼 알 수 없는 에너지가 샘솟는다. 돈으로 가지게 된 온실에서 받아먹던 화학비료보다 밑바닥을

기는 갈증의 끝에 쏟아지는 단비 같은 하늘의 축복이 흡족하다.

반찬을 담아 불쑥불쑥 찾아오는 이웃집 부부, '버릇없이 꼭 내가 먼저 연락해야 하냐?'라며 안부에 잔정을 담는 인생 선배, 비록 작은 텃밭이지만 씨뿌리는 법을 일러 주는 농부 아저씨, 내 그늘에 머물러 주는 제자와 동료, 조심스레 고민을 털어놓는 교회 청년, 등을 바닥에 비비며 커다랗고 하얀 배를 앙증맞게 내보이는 유기견 럭키, 털어놓은 곡식 찌꺼기를 받아먹으려 갖은 노래를 때마다 재잘거리는 텃새들, 이른 아침 이슬의 촉촉함과 햇살의 따스함을 싣고 상수리나무 향을 담아 살과 영혼을 스치는 맑은 바람, 이 모두가 새롭게 맞이한 세상이 선물하는 과분한 기쁨이다.

힘든 상황이 모두 정리되진 않았으나 내일이 기대된다. 하루아침에 세상이 쉬워질 리 없지만 내일이 오늘보다 나으리라는 소망을 안고 사랑하는 가족을 품는다. 하지만 이마저도 해피엔딩이라 하지 않겠다. 완전하지도 안전하지도 않은 인생의 항로에서 지진과 해일이 언제 닥칠지 모르기 때문이다. 하지만 그런 날이 또다시 온다 해도, 그 또한 끝이 아님을 기억하겠다. 우리 인생의 장과 막에 희비는 갈리겠으나, 언제나 진행형임을 믿기 때문이다. 낮아지고 단단해진 마음이 해피에 자만하거나, 새드에 굴하지 않을 것을 확신하기 때문이다. 다만 더 사정없이 사랑하고 치열하게 친절하겠다. 전심으로 울고 웃으며 맡겨진 역에 전념하겠다. 내 앞에 열어야 할 막이 아직 많이 남았다.

높은 산을 고른다

이 어려운 목표를 설정한 이유는 물론 얼마나 오랜 시간이 걸렸는지도 모른다. 그저 본능이 목표에 집중한다. 사람은 성장할 때 행복을 느낀다는데 지금 당장 드는 생각은 '성장을 멈추고 싶다.'이다. 하지만 수백 수천 번의 도전 끝에 드디어…, 드디어 뒤집었다. 순간, 모든 게 이상하다. 내가 뒤집은 건지 뒤집힌 건지 모르겠다. 눈앞이 바닥이다. 팔에 힘이 빠지면 코가 딱딱한 나무 바닥에 부딪힌다. 목과 등이 저린다. 일단 이럴 땐 큰 소리로 울어야 한다. 엄마가 달려온다. 그런데 이상하다. 안거나 돌려놓지 않고 밖으로 뛰쳐나간다. 엄마가 이번엔 아빠를 데리고 왔다. 바보처럼 아빠도 엄마와 함께 소리만 지르고 섰다. 태어나 처음 엄마 아빠에게 분노가 치민다. 모든 피가 얼굴에 쏠렸다. 더는 버틸 수 없다. 두 눈을 질끈 감고 콧대를 포기하고 싶은 순간, 아빠가 날 들쳐 안고 목과 등을 문지르며 잘했다고, 정말 대단하다며 어르고 달랜다. 반년 인생 최대의 위기였지만 묘한 느낌이 나쁘지 않다. 음, 그렇다면 내일은… 굴러볼까.

우리는 수백 번 노력 끝에 몸을 돌렸고 일어섰으며 그에 버금가는 도전으로 한 걸음 내딛기에 성공했다. 몸을 굴렸든, 일어나 걸었든 엄마 아빠를 처음 불렀든, 모든 도전에는 에디슨만큼의 실패가 있었으나 결국 해냈다. 도전뿐인가. 만들어질 때부터 우리는 수억 친구들과의 경주에서 당당히 일등을 차지한 영광스러운 몸이다. 그런데 왜 이토록 위대한 기억이 시간이 지나며 모두 사라지고 겨우 한두 번 실패에 쉽게 포기하는 삶을 살게 될까. 타고난 승리의 DNA는 어디로 사라지고 작은 걸림돌에도 고개를 숙이고 용기를 거두며 지는 게 익숙해진 삶을 살게 되는 걸까. 세상은 수억을 제치고 세상에 나온 영광의 자신감을 비교와 순위 매김으로 인한 쉽게 포기하기로 바꾸어 놓았다. 비교는 열등감으로 언제나 더 큰 우월 앞에 고꾸라진다.

살면서 여러 운동에 도전했지만, 태권도 1단에 근육은 어설프다. 내세울 만큼의 수준에 도달한 종목이 없다. 배드민턴 라켓이며 야구 글러브 등 창고에서 썩고 있는 장비만 아깝다. 몇몇 악기 연주에도 도전했으나 마찬가지다.

그러던 어느 날 결혼 5년 만에 가진 아이의 건강한 출산을 위해 아내와 수영을 시작했다. 아내는 겁이 많아 물에 뜨는 데만 꼬박 한 달이 걸렸다. 나 역시 천둥벌거숭이 친구들과 냇가에서 멱감던 실력은 수영장에선 그리 큰 도움이 못 됐다. 샤워실 수도꼭지를 붙들어야 쓰러지지 않을 정도로 팔다리가 마비된 날도 있었고, 심장의 요동이 수영장에 파도를 만들 만큼 가슴이 터질 것 같던 날도 있었다. 혼자였다면 진즉에 포기를 외쳤겠지만, 아기를 가진 아내와 함께하는 새벽 수영은 소중했다.

아내는 행사 기간이라며 헬스장에 12개월 등록 후, 운동을 하니 밥을 너무 많이 먹게 된다는 핑계를 대며 사흘 만에 포기하는 등, 단 한 번도 운동을 지속한 일이 없는 사람이다. 그런 우리가 주말에도 쉬지 않고 나가 그 주에 배운 영법을 익힌다. 밀고 당기며 물살을 가르는 서로를 응원했다. 차츰차츰 물이 편해지고 마침내 호흡이 터졌다. 나도 모르는 사이 속한 반의 선두에서 물살을 갈랐다. 2년이 지날 무렵에는 최상위 반에서도 맨 앞을 차지했고 선수 출신(초등학교, 여)과 엎치락뒤치락하는 실력을 갖춘 내 모습을 발견했다.

수영은 나름 만족할 수준을 맛본 최초의 운동이다. 박태환만큼 나라를 빛내진 못했어도 감사한 사실은 그때부터 자신을 대하는 삶의 태도가 달라졌음이다. 힘이 드는 시기가 찾아올 때마다 '이 정도만 하자. 저 사람은 타고났다. 그만하자.'에서 '어, 하니까 되네! 그럼 다른 것도?'로 관점이 바뀌기 시작했다.

매일 새벽, 수영장을 오가며 힘이 든다는 건 힘을 잃는 게 아니라 오히려 힘을 얻는 과정이란 걸 배웠다. 그리고 정말 힘에 부치는 순간의 고통은 대부분 다음 단계로 오르기 위한 성장통이란 사실도 알게 되었다. 초급반 시절 수면의 경계에서 숨을 뱉고 들이쉬면서 얼마나 많은 수영장 물을 삼켰던가. 예민한 나는 물을 들이킬 때마다 여러 사람의 입과 몸에서 떨군 각종 균과 소독제를 함께 먹는 사실이 너무나 역겨웠다. 그 구실로 포기했다면 25미터 레인을 쉬지 않고 주파하는 보람을 느끼진 못했으리라. 중간에 멈추지 않고 처음 반대쪽 벽에 손끝이 닿았을 때는 몸이 그대로 가라앉을 듯이 힘들었다. 또 거기서 포기했다면 이후에 두 바퀴, 세 바퀴 그리고 몇 개월 후에는 수십 바퀴를 쉬지 않고 돌아도 지치지 않는 내 모습을 볼 수 없었을 것이다. 특히 힘찬 웨이브에 이은 우아한 돌핀 킥으로 한 마리 돌고래처럼 파도를 일으키며 주변의 부러움을 사는 접영의 쾌감을, 일찍 포기한 사람은 상상조차 못 할 것 아닌가. 숨이 차도록 힘들고 몸이 가라앉을 만큼의 고통은 포기해야 할 이유가 아니라 새로운 세상으로 오를 기회이며 슬럼프는 좌절의 근거가 아니라 도약을 위한 도움닫기다. 한 걸음 내딛기 위해 전부 짜냈지만 한 걸음이 두 걸음, 세 걸음이 되는 잊고 있던 마법 같은 진리이다. 삶의 모든 부분에 적용할 수 있는 매우 간단하지만 정말 힘이 되는 법칙 아닌가.

장미란도 처음부터 백 킬로그램을 머리 위로 올리지는 못했으리라. 손흥민도 박세리도 트로피를 안고 태어나지는 않았다. 그들은 들어 올린 트로피의 무게만큼 피땀을 흘리며 한계를 극복했을 것이고 한계를 극복한 숫자만큼의 실력을 갖추게 되었다. 높은 산에 올라 본 사람은 더 높은 산을 고른다. 게다가 힘이 드는 순간 힘이 들어온다고 믿고 외치면 모든 일에 감사가 넘친다. 혼자 모든 짐을 진 것 같은 불평과 불만 대신 기쁨이 샘솟는다. 무엇보다 사랑하는 이와 동행할 때 우리는 초능력자가 된다. 사랑하는 이의 손을 잡고,

넘지 못할 산은 없다. 꼭 함께 뛰지 못해도 진심 어린 격려와 응원만으로도 얼마나 큰 의지가 되는지 모른다. 벼랑 끝에 매달렸다 하여도 내 이름을 불러주는 단 하나의 목소리가 있다면 나는 포기하지 않고 다시 올라설 것이다. 심지어 뻘겋게 타오르던 상처도 감사할 수 있음은 그마저도 행복의 기준을 낮추는 유익이었기 때문이다. 그리고 아직 다 극복하지는 못했으나 용서도 치유도 포기하지는 않겠다. 내 손을 잡고 격려해 주는 가족과 함께 아픔과 슬픔의 한계도 언젠가는 넘어서리라 믿는다. 그리고 언제든지 내 도움이 필요한 누군가를 끌어올릴 수 있도록 나는 계속 새 힘을 키울 것이다. 지금까지 내가 쓴 힘은 앞으로 얻을 힘에 비하면 빙산의 일각이다. 고난과 새로운 도전을 통해 서로에게 주어질 '함께'의 위대한 힘을 나는 믿기 때문이다.

샘하지
않는
샘처럼

사람들이 말하는 '성공'의 기준은 무엇일까. 초등학생에게 장래 희망을 물으면 생각보다 많은 아이가 '부자'라고 답한다. 왜 부자가 되고 싶냐고 다시 물으면 그들은 '좋은 집과 멋진 차를 타고 해외여행 다니며 맛있는 음식 마음껏 먹을 수 있으니까.'라며 조금 흥분하기까지 한다. 목적을 이루는 게 성공이라면 아이로서는 부자가 되면 성공이다. 아이만 그럴까. 노소불문 많이 가져 넉넉하고 윤택한 삶은 누구나 이루고픈 꿈이다. 일평생 부자를 부러워하며 나도 저렇게 한번 살아봤으면 하는 것이다. 그래서 손에 들어온 것은 그 무엇도 빼앗기지 않으려 힘을 다해 지킨다. 나 역시 그것이 성공이며 승리라고 배웠다. 게다가 타고 난 욕심까지 많던 나는 소유를 추구하며, 내 것을 나누는 건 패배자의 역할이라 생각했다.

그런 내가 만난 아내는 베풀기를 즐긴다. 주는

것이 익숙해 자연스럽다. 아이들이 보던 책을 상의도 없이 바리바리 싸서 이웃에게 넘긴다. 된장도 고추장도 심지어 내가 아껴 먹는 백 퍼센트 아카시아꿀도 누군가 맛있다고 하면 그 자리에서 덜어줄 병을 꺼낸다. 제자들에게 일 년에 몇 번씩 고기를 먹이고 집 앞까지 일일이 모셔 준 후 귀가해서는 소파에 그대로 기절한다.

그런 아내가 가끔 못마땅했다. 처음에는 정신없는 사람이라고도 생각했다. 힘센 소의 걸음을 늦추듯 "워~워~" 하며 "여보, 그건 너무 과하잖아."라는 말을 자주 했다. 심하다 싶은 날에는 짜증을 부리거나 화도 내 보였다. 말리지 않으면 먹고 쓸 살림이 동날까 불안했다.

세월이 흐르며 나는 하나는 알고 그 이상은 모르는 젊은 꼰대임을 깨달았다. 베풀어도 굶어 죽기는 커녕 더 풍요로워짐을, 가두려 할수록 손에 물처럼 빠져나가는 게 물질임을. 손에 물이 사라지기 전에 갈급한 사람의 목에 부으면 금은보다 귀한 사람의 마음을 얻는다는 진리를. 내 못난 철학을 우기며 살았더라면 썩은 내가 진동해 주위에 아무도 남지 않았을 게 뻔하다. 매일 만나 안부를 묻고 함께 울고 웃어주는 천금과도 바꿀 수 없는 사람 말이다.

언제부턴가 아내의 넉넉함을 닮아가려 노력한다. 부자로 살아본 적 없기에 여느 위인처럼 대단한 건 아니다. 김장해서 나누고 텃밭에서 딴 채소도 나누고 어디서 받은 과일이나 선물을 또 나눈다. 아카시아 벌꿀은 미리 한 병 더 산다. 이처럼 별것도 아닌 일에 인색했던 자신이 부끄럽다. 가두면 썩을 걸 조금씩 나눔으로 풍요로워지는 역설의 행복을 맛본다.

마음이 상한 자의 말동무, 일이 버거운 이의 손, 소심한 사람이 건넨 농담에 크게 웃어주는 여유 등, 작지만 근원을 알 수 없는 샘처럼 흘러가고 싶다. 설사 그들이 내 마음을 모른다 해도 괜찮다. 내 선의를 이용하거나 필요할 때만 찾는 사람도 나쁘지 않다. 그의 인생 한 모퉁이에서 '그때, 참 바보 같은 사람을 만났었네.' 하고 기억날 정도면 된다. 아니 영원히 기억하지 못해도 괜찮다. 곁에 있든 떠났든, 이용했든 속였든 그들로 인해 내가 다듬어졌고 만들어져 갈 것이기 때문이다. 보물섬은 파랑새처럼 이미 우리 마음속에 있었다.

마르지 않는 샘은 사람이 살지 않아 그 시작을 알 수 없을 때부터 순수를 흘려보낸다. 샘을 따라 풀과

꽃이 늘고 나무가 열매를 단다. 주변엔 이미 다녀간 녀석들이 만든 여러 갈래 길이 나는데, 마음에 드는 길을 따라온 토끼와 사슴이 목마름을 달랜다. 샘은 소리 없이 숲에 맑은 젖을 먹인다. 스밀수록 맑아지고 닿을수록 풍요를 선물하는 샘처럼 살면 좋을 것 같다.

피곤하고 소진되겠지만 흘려보내는 삶이 익숙해지면 새로움이 차올라 빈 곳을 메우리라. 이제는 목마르지 않을 토끼와 사슴처럼, 샘의 물을 마신 누군가가 또 다른 샘이 되어 산은 더 아름답고 풍요로워질 것이다. 샘내지 않는 샘, 머물 곳을 가리지 않는 샘처럼 흘러간다.

웃기는 남자

내 아버지는 쓸데없는 농담이 사명인 것처럼 살았다. 그 모습이 너무 부끄러웠다. 그것은 개그도 공갈도 아니고 그냥 상대를 질식하게 하는 짜증 가스였다. 가족 모두가 아버지의 그런 언행 때문에 싸구려 취급을 받는다고 생각했다. 없이 살았으므로 무엇 하나 내세울 만한 것도 없었지만 회피당하는 삶을 살기는 싫었다. 주변 사람들은 아버지와 눈을 맞출 때 크게 웃는 듯했으나, 이내 고개를 돌려 하찮게 여기는 눈빛과 말을 흘렸다. 그들은 어린 나를 투명 인간처럼 여겼지만 내 눈과 귀에는 그들의 업신여김과 무시가 모두 들어왔다. 마치 인종차별주의자에게 동양인은 눈이 찢어졌다며 조롱당하는 느낌이었다. 그들의 태도에 나는 화가 났다. 우리를 우습게 만드는 아버지에게 분노가 솟았다. 어이없는 사실은 스스로 자신을 병든 닭에서 떨어진 깃털 하나보다 가볍게 만들어 놓고 다른 사람이 우습게 본다고 욕을 하고 싸웠다. 매번 끝이 그랬다.

어릴 적 나는 스스로 타고난 말쟁이라 생각했다. 친구들은 내가 발표를 잘한다며 부러워했다. 웅변대회에 학교 대표로 나가 상을 휩쓸었다. 내가 친 농담에 깔깔대는 친구의 모습이 좋았다. 어떤 친구는 나를 재간둥이라고 부르기도 했다. 타고난 말발과 분위기를 살리는 유머를 더해 전교 회장도 하고 각종 행사를 이끌었다. 그런 내가 아버지를 만나 말수를 줄였다. 아버지를 닮아 가는 게 싫었다. 아버지처럼 되느니 차라리 소외당하는 쪽이 낫다고 생각해 웃길 수 있는 순간 나는 침묵을 택했다. 오랜 침묵의 시간은 빈 깡통처럼 요란했던 어린 시절을 돌아볼 기회가 되었다.

시간이 흘러 지나치게 가벼운 입도 문제이지만 너무 무거워도 삶이 단조로울 수 있음을 깨달았다. 농담도 장난도 피해자가 없는 선에서는 나쁘지 않고 적절한 유머는 오히려 삶을 풍요롭게 함을 느꼈다. 아버지 덕분에 한참을 돌아왔지만, 이 사실을 알게 된 후부터 말과 유머에 오랜 시간 꾹꾹 묻어둔 자신감을 회복하려고 노력한다.

근심 걱정 많은 세상에서, 여유가 사라진 이 땅에서 메마름을 적실 무기 중 하나가 웃음 아닐까. 좋은 배우자의 선택 기준에 유머가 오랜 세월 상위권에 있음은 웃음의 힘을 인정하는 좋은 사례다. 그리고 인생에서 제대로 웃기는 사람을 만나기 쉽지 않음을 역설적으로 보여주는 지표이기도 하다. 이제 내가 상대의 입꼬리를 수시로 밀어 올리는 사람이 되고 싶다. 내 유머를 받은 이가 도저히 참지 못해 엉덩이를 들썩이며 박장대소하면 정말 신나겠다. 눈물을 찔끔거리며 뒤로 까무러치면 진짜 뿌듯하겠다. 어린 시절처럼 실없는 농담을 남발하거나 아버지처럼 가벼워지기는 싫다. 누구에게도 귀찮거나 아프지 않은 제대로 된 유머를 장착하고 싶다. 적재적소에 유익하고 건강한 웃음꽃을 든 남자, 과한 욕심일까.

유머 하면 대학원 시절 남달랐던 교수님이 생각난다. 당당한 체격에 두꺼운 뿔테안경, 하얗게 서리 앉은 스포츠머리를 하셨으며 항상 격식 있는 차림의 교수님은 겉으로 보기에 쉬이 범접하기 어려운 아우라를 지닌 분이셨다. 혀가 조금 짧았으나 그래서인지 말을 아끼셨고 꼭 필요할 때 나오는 중저음의 걸걸한 목소리 또한 그분의 위엄을 더하기에 충분했다.

책을 읽고 즉흥적으로 자신의 해석을 발표하는 수업 방식은 외모만큼이나 부담으로 다가왔기에 학생들은 자신의 순서 전 강의가 끝나기만을 손 모아 기도했다. 더구나 교수님의 허스키한 목에서 나오는 피드백은 발표자의 머리에 숯불을 대듯 치명적이었다.

몇 주가 지났을까. 예상치 못한 상황이 벌어졌다. 교수님이 근엄한 표정으로 지적할 때, 학생들의 웃음소리가 조금씩 새 나온다. 피식 나오던 웃음이 서서히 과감해지고 점점 퍼지는가 싶더니 종국에는 강의실 전체가 들썩일 만큼 웃음바다가 되는 지경에 이르렀다. 처음에는 이유도 모르고 따라 웃었다. 웃다가 '이래도 되나.' 살짝 불안하기도 했다. 학생들은 왜 따가운 말 화살을 맞으며 웃는 정신 나간 행동을 보였을까. 그것도 단체로.

그건 아마 독설에 가까운 피드백에 학생을 향한 미움을 전혀 담지 않았음이 시간이 지나며 조금씩 드러났기 때문이리라. 욕쟁이 할머니가 들고 있는 공갈빵처럼 단호한 무장은 하였으나 가득한 순수와 사랑이 꾸며낸 근엄을 뚫었다. 근엄을 뚫고 나온 웃음 가스가 학생들의 뇌에 스몄다. 게다가 교수님의 조금 짧은 혀는 화룡점정이었다. 학생들은 근엄의 탈 뒤에 감춘 귀여운 멘트가 나올 때마다 눈물을 흘리며 배꼽을 쥐었다. 발표한 학생도 뒷머리를 긁으며 웃었고 마침내 교수님도 돋보기 속 작은 눈을 초승달처럼 구부려 웃으셨다.

교수님은 참으로 웃기는 사람이셨다. 예리한 통찰력과 풍부한 지식에 존중과 사랑이 담긴 유머를 소유했기 때문이다. 돋보이려 하지 않고 억지로 웃음을 강요하지 않아도 그 어떤 개그보다 엔도르핀을 돌게 했다. 진정한 유머는 혼자 즐거운 게 아니다. 상대를 낮게 만들거나 수치심을 느끼게 해서도 안 된다. 그런 농담의 끝에는 마음의 불편함이나 거리낌이 남기 때문이다. 말에 온전한 사람이 없기에 쉽지 않은 일이다. 그러나 상대를 향한 사랑과 배려 그리고 노력이 가득할 때 그 어려운 일을 해낼 수 있다.

살랑이는 면사포 사이에 핀 신부의 미소를 보며 스스로 약속했다. 하루에 한 번 나로 인해 웃게 하겠다. 저 싱그러운 미소를 백발이 되어서도 만개하게 하겠다. 그로부터 17년이 지나 곤히 잠든 아내의 얼굴에서 오늘 하루 웃음의 흔적을 찾는다. 눈가의 잔주름이 웃음으로 인함이길 소망한다.

자라나는 딸이 깔깔거리는 모습을 보며 다짐을 키운다. 아이를 더 많이 웃게 하자. 하루에 한 번 이상 눈물이 찔끔 날 정도로 배꼽 잡을 일을 만들자. 아이는 울다가도 웃기에, 겨드랑이에 손가락 끝만 살짝 대어도 기대한 웃음을 터트리기에 지금까지는 순조롭지만, 계속 깔깔대길 소망한다.

근심 걱정 많은 세상, 내 앞에 사람이 나로 인해 한 번쯤 웃게 하자. 사랑과 정성을 담아 효과가 오래가는 웃음 가스를 뿌리자. 기회를 만들어 유익하고 건강한 웃음꽃을 피우자. 나에 대한 기억이 '오늘 참 제대로 웃기는 사람을 만났다.'가 되게 하자.

예리는
있어
보이잖아

머리만 대면 곯아떨어지는 사람이 부럽다. 살면서 내가 만난 사람 중 단연 최고는 아내다. 집에서든 차에서든 무슨 말을 하다 답이 없어 돌아보면 곤히 잔다. 신나게 웃다가도 잠든다. 옆집 사는 한 살 터울의 형도 박빙이다. 짬만 나면 눕기를 잘하고, 누웠나 싶으면 코를 드렁드렁 곤다. 사방에서 저분 정말 이 상황에 잠든 게 실화냐며 놀란다. 나도 그런 편안을 갖고 싶다.

나는 익숙한 자리가 아니면 쉽게 잠들지 못한다. 집이 아닌 곳의 잠자리는 언제나 불편하다. 소리와 냄새에 예민하기 때문이다. 낯선 방과 이불과 베개에서 나는 타인의 체취가 달갑지 않다. 도심에서는 새벽까지 누군가 떠들고 방황하는 소리와 거리의 밝은 조명이 괴롭다. 혼자일 때도 그렇지만 다른 사람과 방을 쓰는 일은 괴로움 이상이다. 공무원 시절, 교육이나 업무로 인한 출장 때는 규정상 두 명이 방을 썼다. 낯선 이와 한두 주를 함께 보내야 하는 것이다. 나는 점잖은 사람과도 한 공간에 함께 머무르는 현실이 싫었다. 지켜야 하는 예의, 매너 같은 게 부담이었기 때문이다. '편하게 지내자.'라는 말조차 불편했다. 낯선 공간에 낯선 사람의 조합은 장기 출장을 꺼리게 되는 가장 큰 이유였다. 최악의 상황은 술을 즐기고 코를 고는 사람을 룸메이트로 만나는 경우다. 그런 사람은 대부분 음식과 술이 섞인 냄새를 풍기며 밤늦게 들어와 덜커덩, 덜커덩 소리를 내다 잠에 곯아떨어지고는 했다. 그리고 백이면 백, 그때부터 천정이 들썩일 정도로 코를 골았다. 나는 밤잠을 포기해야 했고 일상은 엉망이 됐다.

소리와 냄새 문제는 잠자리에만 국한되지 않았다. 내 코와 귀가 사람과 개의 중간쯤 있는지 작은 소리라도 반드시 확인해야 하고 냄새는 어떻게든 제거해야 속이 시원했다. 공공장소에서 떠드는 사람을 이해할 수 없었다. 아파트 주변 소음도 짜증스러웠다. 춥고 더워도 아파트 꼭대기 층을 고집한 이유이기도 했다. 탑 층에 살면서도 새벽에 간간이 들리는 옥상 엘리베이터실 모터 소음에 괴로웠다. 뛰쳐나가 이 시간에 돌아다니는 이유를 묻고 싶었다. 장마철 옷에서 나는 꿉꿉한 냄새를 참지 못했다. 티셔츠를 머리에 집어넣다 쉰내가 조금이라도 나면 당장 벗어 삶아 널어야 마음이 진정됐다. 싱크대 안에 모인 음식물 냄새는 고문이었다.

"무슨 냄새 나는 것 같지 않아? 무슨 소리 들리지 않아?"
"아니, 잘 모르겠는데. 무슨 냄새? 무슨 소리?"

아내는 맑고(?) 순진한(?) 눈빛으로 소리와 냄새를 물을 때마다 모르겠다고 말한다. 아내와 살면서 견디기 힘든 경우가 몇 번 있었는데 대부분 새로 산 자동차 시트, 그리고 옷에 김치 양념이나 간장을 쏟은 일같이 냄새와 관련된 일이었다.

언젠가 장모님 댁에서 반찬을 잔뜩 담아 가다 병에서 흐른 간장이 차 트렁크를 흥건히 적셨다. 냄새는 아무리 지우려 해도 지워지기는커녕 뼈대까지 단단히 배어 시간이 지날수록 고약해졌다. 차 문을 열 때마다 역한 냄새에 짜증이 올라왔다. 아내는 '살다 보면 그럴 수도 있지, 뭐 이 정도 가지고 그래.'라는 표정으로 찡그린 내 얼굴을 애처롭게 바라보았다.

그렇다. 나는 언제부턴가 예민한 사람이다. 천방지축 개구쟁이가 예고 없이 찾아온 고통을 만나 예민을 키우고 그 뒤에 숨었다. 아버지는 언제 터질지 모르는 시한폭탄과 같은 존재였다. 이유나 근거도 알 수 없고 빈도나 주기도 일정치 않았다. 거의 매일 수시로 터지는 시한폭탄을 방 가운데 두고 우리는 그 빈도와 수위를 낮추기 위해 본능적으로 움직였다. 하지만 아무리 눈치를 살피고 비위를 맞추어도 욕설과 저주와 폭력의 파편은 살과 몸에 박혔다. 그럴수록 두꺼워진 예민함에 나를 가두어 예민이란 보호막으로 그다음의 폭력과 공포에 대처했다. 시간이 지나 내가 아버지보다 힘이 세다는 걸 알게 되었을 때도 마찬가지였다. 아버지는 늙고 병들어 병원에 입원하기 전까지 난폭과 폭압을 멈추지 않았다. 그리고 시간이 더 많이 흐른 다음에야 아버지를 현대의 의학이나 교육, 혹은 내 간절함으로 바꿀 수 없는 존재란 사실을 알게 됐다. 아버지를 상대한 대다수가 알고 있었던 사실을 나는 몰랐다. 나의 태생이 인간 말종으로부터 시작되었을 리는 없다고 우기고 싶었던 걸까. 아니면 정말 내가 바보인 걸까. 세상 사람에게 비참하고 어리석은 내 모습을 감추기 위해서라도 나는 예민이 필요했다.

아내는 나의 예민함을 삶으로 감쌌다. 처음에는 아내의 무던함이 이해가 되지 않았다. 냄새나고 들리면서 일부러 모른 척한다고도 생각했다. 나의 까탈스러움은 상처와 아픔의 결과이며, 아내의 덤덤함은 일반적인 사람의 건강이란 사실을 깨닫기까지 오랜 시간이 필요했다. 아내는 상대의 말과 행동을 걸러 듣거나 색안경을 끼고 보지 않는다. 있는 그대로 받아들인다. 마찬가지로 상대에게 하고 싶은 말도 꾸밈이나 계산 없이 당당하게 전달한다. 눈치 보지 않고 피곤하면 피곤하다, 좋으면 좋다, 싫으면 싫다 분명하게 말한다. 그렇다고 해서 무례하거나 상대의 기분을 상하게 하지는 않는다. 가끔 과하게 솔직해서 상대가 조금 당황할 수는 있으나 오해가 쌓이지는 않는다. 그래서 사람들과 좋은 관계를 유지한다. 아내와 있으면 불편하지 않고 뒤끝이 없기 때문이다. 아내의 순수하고 건강한 삶을 보며 나쁜 건 혼자 겪어 다행이란 생각도 했다.

사람들은 예민한 사람에게 곁을 잘 주지 않는다. 이유 모를 거리감을 느낀다. 예민한 사람은 만나기 힘든 새처럼 언제나 온몸으로 적을 살피고 도망갈 준비를 하고 있기 때문이다. 편안히 마음을 내려놓거나 열지 못하기에 상대는 물론 자신도 불안과 불편의 안개 속을 거닌다. 예민한 사람의 곁은 좁다. 하지만 날카로운 감각이 언제나 나쁘기만 한 건 아니다. 귀하고 섬세한 것이 대개 예민하듯, 날카로운 감각은 이름 모를 새처럼 평범한 사람이 닿기 어려운 깊숙한 세계를 자세히 볼 수 있게 만든다. 하지만 그 때문에 스스로 힘들어지고 주위에 스트레스와 상처를 준다면 차라리 모르는 편이 득이다. 내 복잡 미묘하고 까다로운 성향을 위로받고 싶어 아내에게 슬쩍 물었다.

"예민함도 꼭 나쁘지만은 않은 것 같아. 다른 사람이 모르는 부분을 조금 더 볼 수 있잖아?"

"음…, 그러면 예민함보다 예리하게 사는 게 어때? 예민한 건 대체로 부정적인 느낌이지만 예리하다는 건 있어 보이잖아? 호호호."

아내의 말을 들은 후 예민을 예리로 돌리기 위해 애썼다. 하지만 까탈에 익숙한 뇌는 예민과 예리 사이에서 늘 예민을 먼저 꺼내고는 한다. 새로운 사람과의 만남은 여전히 불편하고, 장마철 쉰내 나는 셔츠에 머리를 넣는 일도 달갑지 않다. 차 트렁크 냄새는 이제

거의 빠졌지만 그게 마지막이기를 바란다.

그러나 한 가지 확실한 다짐은 예민함으로 가족, 그리고 주위 사람에게 불편함을 주지는 않겠다는 점이다. 오히려 조금 더 정확하게 판단하고, 섬세하게 배려하고, 치밀하게 도우며 있어 보이는 삶을 살겠다. 어린 시절 불안으로 쌓은 예민의 성을 허물고 이웃을 위한 징검다리인 예리를 하나, 둘 놓아 가겠다. 내 생에 가장 훌륭한 상담사이자 치료자인 아내에게 감사하며 예리하게 사랑하겠다.

제임스 딘

파란 양철대문 앞 좁은 골목에 누런 볕이 온기를 들인다. 네 살배기 아이가 바퀴 달린 플라스틱 말 목에 노끈을 감아 이리저리 끌며 시간을 보내면 신선동 할매들은 아이를 독일 병정이라 불렀다. 뽀얀 피부에 갈색 눈, 노란 머리카락을 가진 내가 꼭 그 동네 사람처럼 보였나 보다. 학창 시절 집을 나설 때마다 드라이로 세운 노란 머리에 초강력 스프레이를 잔뜩 뿌렸다. 액이 다 마르기 전에 섬세한 손놀림으로 마지막 자존심을 한껏 끌어올리는 게 포인트였다. 그런 뒤에는 딱 들러붙는 청바지에 흰색 티셔츠를 받쳐 입고 오토바이에 시동을 걸었다.

"어이, 제임스~ 어데 가노?"

"친구 좀 만나고 오께요~"

새끼손가락 길이만큼 빳빳하게 세워져 성난 파도가 된 머리로 집을 나설 때면 삼촌은 나를 '제임스'

라고 불렀다. 대학 입학 후에는 파도 머리에 싫증이 나서 스포츠 스타일로 짧게 잘랐다.

"헤이~, 브래드 왔어~"

친구 중 몇몇이 당시 짧은 머리로 출연한 브래드 피트의 영화를 함께 본 후로 한동안 나를 그리 불렀다.

제대 후 공사에 입사해서는 동료들과 민원인들이 너무 어리게 보길래 2:8 가르마로 머리 모양을 바꾸었다. 착각일지 몰라도 주변인들의 태도와 말투가 한 세대만큼이나 공손해졌음을 느꼈다.

그런데 어느 날 끔찍한 일이 벌어졌다. 자고 일어난 베개에 머리카락이 수북히 박혀 있는 게 아닌가. 악몽이기를 바라며 눈을 비비고 몇 번을 확인했지만, 그것은 확실히 내 머리에서 빠진 황금색 곱슬머리였다. 받아들일 수 없었다. 그 상태가 지속된다면 나는 대머리가 되고 말 것이었다. 키가 작아도 괜찮다. 배가 좀 나와도 상관없다. 하지만 대머리가 된다면 나는 거울을 거부하고 자연으로 들어갈 생각이었다.

불안한 마음에 탈모를 막아 준다는 샴푸로 정

성껏 씻고 말리며 피부과 진료를 받아도 우수수 빠져대는 머리카락의 비행을 막아낼 수는 없었다.

"야, 너 머리 관리 좀 해야겠다."

"나도 알고 있다…."

말하지 않아도 내가 제일 먼저, 가족이 다음, 마지막으로 친구와 동료들이 알았다. '하찮게 여긴 머리카락이 그렇게 소중한 존재였을 줄이야.'

소중한 것의 가치는 빼앗기고 난 뒤에 더 커진다. 숱이 줄어 세상을 향해 빛을 내기 시작한 머리의 안타까움을 어찌 말로 다 표현할 수 있을까. 대답하기 귀찮도록 듣던 동안의 비결 또한 머리빨이었나 보다. 이제 아저씨는 당연하고, 할아버지 소리를 들을까 겁난다. 최대한 풍성해 보이는 스타일에 도전하다가 결국 드러난 머릿밑을 남은 가닥으로 감추는 데 급급한 거울 속 내가 처량하다.

어느덧 독일 병정과 제임스, 그리고 브래드는 기억 속으로 사라지고 듬성듬성 회색 머리의 꼰대 아저씨만 남았다. 하지만 세월은 멈출 수도, 되돌릴 수도 없는 것. 사라진 피조물에 대한 미련을 안은 채 남은 생을 보내는 것보다 어리석은 일이 어디 있으랴. 그보다는 아직 남은 것의 의미를 재발견하고 제대로 인정하며 사는 편이 지혜로울 것 같다. 노란빛마저도 사라지고 뿌연 회색에 가늘고 힘없이 처져 있지만, 그조차도 '당연' 아닌 '필연'임을 날마다 고백하겠다. 사랑할 수 있을 때 사랑하겠다. 지나간 모든 존재가 그곳에서 아름다웠음을, 그들이 있어 내 삶이 빛났음을, 그리고 그럼에도 머무르는 모든 존재에 감사를 표하는 삶을 살겠다.

큰 바위 얼굴

"내년 겨울에 따뜻한 나라로 여행 어때?

같이 가면 좋을 것 같은데…."

소중한 친구에게 연락이 왔다. 여행. 언제 들어도 가슴 설레는 두 글자. 코로나로 발이 묶인 후 몇 년 만의 해외여행인가. 번잡한 일이 결정을 거스르지만 행복 지수를 높이는데 여행만 한 것이 없다는 연구 결과를 핑계 삼아 눈 딱 감고 감사한 마음으로 받아들였다. 늦을수록 항공료가 올라간다는 말에 묵혀둔 여권을 들여다보니 웬걸, 만료가 한참 지났다. 급한 마음에 서둘러 찍은 사진을 들고 시청으로 달려갔다.

담당자는 헐레벌떡 뛰어온 나와 모니터를 번갈아 보며 얼굴에 물음표를 띄웠다. 그러고는 발급 신청서와 사진을 밀어내며 여권 기한이 많이 남았으니 다시 확인해 보란다. 그것도 5년이나 남았다고. 집으로 돌아와 찬찬히 살펴보니 만료라 믿은 여권은 이전에

폐기한 것이었고, 그 아래 연장해 놓은 녀석이 얌전히 잠들어 있었다. 아내에게 상황을 얘기하며 득 없이 함께 웃다가 아내가 불쑥 "그런데 오빠, 사람 됐네, 사람 됐어!" 한다. 무슨 뜻이냐 물으니, 모아놓은 세 개의 여권 사진 속 내 인상이 세월의 흐름에 따라 눈에 띄게 선해졌다는 뜻이란다. "쳇, 사람 인상이 거기서 거기지 뭐."하며 나란히 놓인 사진을 찬찬히 비교하니 아내가 왜 그런 말을 했는지 알겠다.

20대 때는 나라를 잃은 듯 올라간 눈꼬리가 앙칼지고, 부은 눈두덩에는 불만과 복수심이 가득했다. 30대에 찍은 사진은 얼핏 힘이 좀 빠져 보이기도 했으나 눈매는 여전히 사나웠다. 그런데 이번에는 눈꼬리와 콧대, 턱선이 뭉툭하고 동글동글한 것이 흔하디흔한 동네아저씨 하나가 들었다. 특히 눈빛에 사나운 기가 사라져 아이가 봐도 만만할 얼굴이었다.

그때는 왜 뭐든 걸리면 씹어먹어 버리겠다는 눈을 하고 있었을까. 그러고 보니 출입국 심사 때마다 공항 직원이 그리 다정하지 않았던 것 같다. 오래 세워둔다는 느낌을 받기도 했고, 다른 여행객에게 묻지 않는 질문을 내게만 하는 듯한 느낌도 들었다. 어느 공항에

선가 가방에 위험한 물건이 없냐고 묻길래 "노!"하고 짧게 답하니 직원이 손으로 뱀 모양을 만들며 미소 띤 얼굴로 "슈슈슉~ 스네이크?" 한다. 그제야 내 눈빛이 너무 매섭고 공격적이었음이 무안해 함께 뱀 춤을 추며 웃음을 터트렸다.

"선생님, 이 사람 누구예요? 완전 깡패 같아요."

"어, 그래? 선생님인데?"

"에이, 아닌데요! 지금이랑 완전히 다르잖아요. 거짓말하지 마세요!"

학원에서 토론 수업 중 대책 없이 까부는 아이에게 최후의 수단으로 군대 시절 사진을 턱 아래 내민다. "선생님 사실은 무서운 사람이다!"라고 한껏 으름장을 놓은 뒤에 말이다.

안 미더워하던 아이가 턱밑에 사진과 눈앞의 나를 번갈아 본다. 그렇게 몇 번을, 눈을 들었다 놓았다 한 후 이번엔 동공을 좌우로 떨며 사진 속의 사람이 선생님이 아니라고 우긴다. 지금과 너무 다르다고. 격투기 선수 같다고도 하고 깡패 같다고도 한다. 친구 사진 가지고 장난치지 말라는 아이도 있다.

그 시절, 어둠이 삶을 메울 때 내 얼굴은 악인 역할에 최적이었다. 초등학교부터 친한 오빠 동생 사이로 지내던 지금의 아내도 말을 걸기가 꺼려질 만큼 내 눈에 살기가 있던 시절이었다고 했다. 세월이란 명약이 마음을 치유해서일까. 이제는 처음 만난 사람이 길도 잘 묻고 농담도 쉽게 던진다. 인상에 믿음이 간다는 말도 종종 듣는다. 만만해 보이는 일상이 다행이다.

실수 없는 마음의 조각칼은 인생의 걸음에 따라 조금씩 쉬지 않고 낯의 명암을 새겨간다. 장난기 가득했던 친구에서 독기 품은 청춘으로, 높은 곳만 탐하던 욕심쟁이 미생에서 감사와 사랑을 깨달은 다소 평범한 아저씨의 모습으로. 이제 세월은 내 얼굴에 주름을 잡고 검버섯을 그려가겠지. 가끔 아픈 기억의 찌꺼기가 빛을 가리기도 할 테다. 그럼 나는 완전히 아물지 않은 상처로 또 아프고 그늘질지도 모른다. 때로는 내 삶의 태도를 이해하지 못하는 이들에게 다 말할 수 없어 설득을 포기해 버릴지도 모른다. 하지만 그들을 미워하지는 않겠다.

그렇게 바람이 불고 파도가 일어도 괜찮다. 하늘을 바라고 땅에 기대어 거친 바람과 큰 파도에도 독수리처럼 편안하며 고래처럼 잔잔하겠다. 그저 살아 있음에, 존재만으로 행복을 선포하겠다. 오랜 억압에서 나를 구해준 가족, 기쁨과 아픔을 나누며 삶의 의미를 들려주는 이웃, 또 내가 선 곳의 바람과 변하는 계절에 감사하겠다. 그리고 이 모든 과정을 나를 위해 예비한, 보이지 않는 손에 기대어 넉넉한 미소를 새기겠다. 큰 바위 얼굴처럼.

5

가족
사용
설명서

우주가 또 다른 우주를 만나 일평생 하나가 된다는 건
삼위일체보다 이해하기 어려운 기적, 우리 생에
가장 모순되는 역사이다. 서로에게 맞추기 위해
가끔 자전도 공전도 멈추어야 하는
엉터리같이 아름다운 연합이다. 그리고 오늘 나는
그 옷에 어울려져 가는 너와 내가 기적이다.

가족사진

화면 속 포즈를 바라보며 행복을 채운다. 아내와 아이들의 눈빛에서 믿음을 느낀다. 작은 화면 속 사랑하는 이들의 몸짓은 살아있어 다행이라는 확신을 준다. 셔터를 누르는 순간 다시 되돌리지 못할 시간과 공간 속 가족을 담았다는 만족과 안도가 밀려온다.

탁자 위 오래된 사진은 문득 눈길을 붙들고 묵은 생각을 엮어 여운을 남긴다. 세월을 따라 빛을 잃어가지만 그날의 추억이 마음을 밝힌다. 가족사진은 사랑과 행복 때로는 슬픔과 아픔이 깃든 인생의 박제다.

가족과 떨어져 지낼 일이 생기면 예전 사진을 뒤적이며 정신 나간 사람처럼 피식거리고 비록 며칠의 이별에도 그리움에 눈시울을 붉힌다. 아내와 알콩달콩했던 연애 시절과 아이의 천진난만한 일상이 담긴 사진은 그렇게 유별난 감정을 넘쳐흐르게 한다. 그 맛에 취해 철 따라 과실주를 담그는 애주가처럼 기회만 되면 렌즈를 들이댄다. 아내와 아이는 그런 내 모습을 다정하게 바라보며 환한 미소는 물론, 춤과 함께 망가진 표정도 지어준다.

사진은 찰나의 순간을 담는 기계적 행위에 불과하지만, 그 속에는 많은 의미, 특히 관계가 압축되어 있다. 표정, 몸짓, 눈빛, 호흡은 물론 색감과 분위기, 감정 그 모두가 사진을 찍는 사람과 대상과의 관계를 말해준다. 어릴 적 사진 중에 화면을 바라보며 눈을 흘기는 장면이 있다. 무언가를 향한 내 손은 텅 비었고 옆에서는 함박웃음을 짓는 사촌 동생의 입안에는 사과 한 조각이 통째로 들었다. 내 눈이 왜 그리 사나운지 설명이 필요 없다. 부모님의 결혼식 사진에서 어머니의 눈이 그토록 슬픈 이유도 사진이 담은 관계의 진실 아닐까. 어린 나를 업고 용두산 공원을 오르던 어머니의 눈도 마찬가지였다. 세월이 지나도 나아지지 않던 어머니의 퍽퍽한 삶을 말하는 것과도 같았다. 웅변대회에서의 긴장감, 대학 졸업식에서의 만족감, 입영의 아쉬움, 결혼식의 설렘과 흥분, 그리고 딸을 처음 만났을 때의 경이로움, 그 모두를 사진은 묵묵히 담고 있다.

사진은 그렇게 지나간 시간의 진실을 조금씩 들추어낸다. 아무리 꾸미고 포장하려 해도 나를 꼭 안은 어머니 뒤로 해어지고 곰팡이 가득한 벽지가 그 시절의 가난을 보여주는 것처럼 말이다. 그래서 인생이 녹록하지 않은 사람은 사진의 대상이 되는 게 불편한 걸까. 아픔이나 슬픔의 조각을 남기고 싶지 않은 게 우리의 본능이니까. 반대로 행복한 사람은 겸손하고자 해도 충만한 기쁨과 여유가 사진 속에 남는다. 무엇보다 서로 사랑한 사람은 사랑의 크기만큼 아름다운 사진을 남긴다. 그 순간 대상을 얼마나 사랑했고 경이롭게 여겼는지가 결과에 묻어 있다. 마찬가지로 피사체가 카메라를 든 사람을 얼마나 믿고 의지하며 행복했는지가 눈빛 손짓 몸짓을 통해 드러난다. 더 자세히 보면 눈으로 볼 수 없는 감정의 색이 보이기에, 사랑할수록 더 농도 깊은 사진을 남긴다. 기계는 뜻 없이 환상을 담는다. 인생이란 걸작을 종이에 새긴다.

우울이 왔다

결혼 5년 만에 힘겹게 가진 첫째가 세 살이 되자, 둘째가 태어났다. 언니에게 동생의 등장은 바람난 배우자의 애인을 마주하는 충격에 버금간다는 말을 들은 적이 있다. 그때부터 동생으로 인해 받을 스트레스와 불안이 염려되어 지극정성으로 첫째를 돌봤다. 듬뿍 안고 잔뜩 챙기며 틈 없는 사랑을 고백했다. 정성이 통했는지 첫째는 감정과 정서에 별문제 없이 지냈고 젖먹이 동생과도 바른 애착 관계가 형성되는 듯했다. 보람되고 흐뭇했다.

약하게 태어난 둘째는 백일이 되는 날까지 뱃병을 앓았다. 해가 넘어가고 정해진 시간이 다가오면 끔찍한 괴물과 마주 선 것처럼 경기를 일으키듯 울었다. 짧게는 삼십 분, 길게는 두 시간 가까이 울다 작은 눈물샘이 마를 때쯤 잠에 들었다. 방법을 알지 못해 마음만 졸이던 백일이 지나자 거짓말처럼 증상이 사라졌다. 마지막 걱정거리가 사라져 안정되고 편안했다.

이보다 좋을 수는 없었다. 보드랍고 포근한 집에서는 아이들의 옹알이가 시처럼 울려왔다. 첫째는 동생에게 젖병을 물리고 가슴을 토닥이며 언니 시늉을 한다. 사업도 대학원 공부도 순조로웠다. 아이들이 놀고먹고 소리 지르다 자는 모습 모두가 꿈에 그리던 가정의 장면을 연출했다. 봄볕 아래 잠에서 일어나 미지근한 물에 몸을 담근 후 새로 산 옷을 꺼내 입은 듯 뽀송하고 상쾌한 날의 연속이었다. 그렇게 하늘이 어두웠던 과거의 보상을 한 번에 내린 것처럼 몽글몽글한 삶을 누리던 어느 날, 아내가 우울을 고백했다.

아주 조금도 이해되지 않았다. 다 좋은데 왜? 간절히 원하던 아이를 그것도 둘씩이나 얻었다. 겨울이면 살을 에는 웃풍에 코끝이 얼어붙던 시골 벽돌집에서 한파에도 반 팔로 돌아다닐 수 있는 도시의 고층 아파트에 살게 되었고, 뭐 하나 모자람이 없어 더 바라면 욕심일 것 같은 날에 우울이라니. 어리광인가 싶어 분하기도 하고 거짓말인가 의심도 했다.

'뭐 그럴 수도 있지. 살다 보면 처지는 날도 있으니까.'라며 대수롭지 않게 넘기려던 어느 아침, 빛이 사라진 아내의 검은 눈을 보았다. 그 눈은 수십 년 전

문방구 앞을 지나던 누나의 눈을 똑 닮았다. 순간 비바람 치는 백척간두에 발끝만 올려 선 듯 아찔했다. 엄살도 아니고 장난은 더더욱 아니다. 아내가 아프다. 처음 겪는 아픔의 늪에 아내가 빠졌다. 하루가 다르게 무기력해지고 말수가 줄어든다. 아무것도 보이지 않는 새벽 창밖을 바라보며 눈물을 뚝뚝 흘리기도 한다. 두렵고 무서웠다. 그 후에 내게 온 공황보다 사실 그때의 공포가 몇 배는 컸다. 어떻게 해야 할 바를 모르기에 막막하고 답답했다. 시간에 의지해 보려 했지만, 시간의 흐름 속에 아내는 더 깊이 빠져들었다.

처음으로 돌아가 다시 생각했다. 아내는 결혼 후 내게 모든 에너지를 쏟았다. 첫째가 태어났을 때는 나와 아이에게, 그리고 둘째를 만난 후에는 나와 두 아이에게 모든 걸 내주었다. 기울어진 집안을 일으키기 위해 아이를 떼 놓고 일을 했다. 밤낮이 바뀐 첫째에게 새벽에도 몇 시간씩 책을 읽어 주고 젖을 물리며 자장가를 불렀다. 엄마 아빠와 노는 게 좋아 잠투정 부리는 아이를 업고 한 시간 두 시간 걸으며 어르고 달랬다. 첫째의 눈치를 보며 우는 둘째를 끌어안고 백 일 동안 애를 태웠다. 가족이라는, 사랑이라는 감옥에 갇혀 이름도 자아도 잃었다.

초보 남편은 진정한 딸바보가 되어 누군가에게는 더 금쪽같은 딸을 투명 인간 취급했다. 내 시선 끝에 양지만이 드리워져 행복을 논할 때, 아내는 자신도 이해하지 못할 음지에서 애타게 구조를 요청했다. 무엇보다 소중하고 사랑하기에, 다 주어도 아깝지 않은 존재임을 알기에 아프다는 말 한마디 못 하고 꾸역꾸역 참아야만 했다. 처음 맡은 아내, 어미의 역할을 하다 병이 깊어졌고, 더는 안 될 것 같아 철없는 남편에게 구걸하듯 쪽박을 내밀었다. 그러나 모자란 남편은 내민 손을 더 초라하게 만들었다. 결국 내 교만과 기울어짐과 무관심이 아내를 아프게 했다.

아내를 아프게 한 사람도 치료할 수 있는 사람도 나였다. 아내를 고치려 드는 게 아니라 내가 바뀌어야 했다. 그날부터 나는 완전히 아내의 편이었다. 누구의 아내 누구누구의 엄마가 아닌 존재 그대로 아내를 바라보고 인정했다. 무슨 일에든 아내의 이름을 먼저 불렀고 어디서든 아내를 의식했다. 내 각성과 애씀이 통했는지 아내의 눈이 조금씩 밝아지고 초점이 서서히 돌아왔다. 다시 입이 열렸고 등짝 스매싱에도 힘이 실렸다.

지금도 나는 아내의 이름을 부른다. 여보 당신도 좋고 누구누구의 엄마도 좋지만, 다시는 자신을 잃어버리지 말라는 의미에서다. 아니 내가 그 사실을 잊지 않기 위해서다. 누가 먼저이든 마지막 눈 감는 순간까지 아내의 이름을 부르려 한다. 이제 나이도 있는데 호칭 정리 좀 하라며 걱정하시는 어른들에게는 일일이 설명 할 수 없어 넉살맞은 미소로 핀잔을 뭉갠다. 엄마 편만 든다고 투정 부리는 아이에게는 너희도 나중에 아빠 같은 남자 만나라며 너스레를 떤다.

아이가 아무리 사랑스러워도 아내가 더 예쁘다. 아내가 없었다면 꿈에 그리던 가정과 아이는 물론 나도 다시 태어나지 못했다. 철의 여인인 줄 알았던 아내의 약함이 결코 잊을 수 없는 의미를 발견하게 했다.

호미를 던져 줄게

깊이 알수록 무서워지는 게 있다. 더 많이 발견한 모습 속에서 다양한 가능성에 눈뜨기 때문이다.

80년대 후반 KBS 개그 프로그램 중 '쓰리랑 부부'라는 코너가 인기를 끌었다. 중간중간 혹은 콩트가 끝날 무렵 일자 눈썹을 한 아내(김미화)가 야구방망이를 들고 을러대면 허우대 멀쩡한 남편(김한국)은 별 죄도 없이 잔뜩 겁먹은 표정과 몸짓으로 "음매 기죽어, 음매 기죽어~" 한다. 의기양양해진 아내는 한술 더 떠 쪼그라든 남편 위에서 "음매 기 살아! 음매 기 살아!" 하며 전쟁의 명운을 건 대결에서 승리한 검투사처럼 야구방망이를 마구 휘둘러댄다. 작은 화면 속 남편을 밟고 선 숯 검댕이 일자 눈썹 아내의 포효는 팍팍한 시절 우리네 안방에 웃음꽃을 피웠다.

극의 대사와 서사가 그리 대단하지도 않은 '쓰리랑 부부'에 그리 많은 사람이 열광에 가까운 웃음보를 터트린 이유가 무엇이었을까. 당시 여성들에게는 일자 눈썹 아내가 야구방망이를 휘두를 때마다 며느리, 주부, 엄마로 살아오며 억눌렸던 스트레스를 한 방에 날려 버리는 카타르시스를 주었을 것이다. 그 시절, 내가 살던 시골의 할머니들은 할아버지와 나란히 걷지도 못했다. 그저 하얀 수염, 하얀 머리, 하얀 삼베옷을 입은 할아버지의 몇 걸음 뒤를 따라 걸을 뿐이었다. 흰 저고리와 흰 치마, 미색의 봇짐을 가슴에 안은 채 말이다. 며느리들은 서럽기 그지없었다. 아무리 해도 영광은커녕 공치사 하나 없는 집안일에 파묻혀 살면서도 큰 소리 한번 내지 못했던 시절이었다. 그런 시대에 쓰리랑 아내라니. 남자들 입장에서는 야구방망이 앞에 기죽은 남편을 보며 전통과 관습 뒤에 숨어 누리던 반칙 같은 권위, 그 한심한 허무에 멋쩍은 웃음을 지을 수밖에 없었을 것이다.

가끔 아내도 자신만의 야구방망이를 꺼내 들 때가 있다. 아내의 기준에서 도저히 용서 안 되는 한 가지에 걸리면 그 여파가 힘센 건전지처럼 매우 강하고 오래간다. 남편이든 아이든 그 순간만큼은 자비를 베풀지 않는다.

박지성 경기 직관을 고집했을 때, 낚시가 취미에서 중독이 되려 하던 때에도 아내는 감춰 두었던 야구방망이를 힘차게 휘둘렀다. 옷 정리를 제대로 하지 않는 딸에게 옆에서 보기 안쓰러울 정도로 면박을 준다. 밥을 먹기 전 과자를 입에 넣는 행동은 우리 집에서는 중범죄다.

처음에는 맞서 싸우려 했다. 남자로서 기가 죽으면 안 된다고 생각했기 때문이다. 특히 아이 앞에서 쓰리랑 남편 같이 젖은 낙엽 신세가 될까 두려웠다. 방망이에 맞서 기승전결, 육하원칙, 변증법, 『반갑다 논리야』에서 봤던 내용 등 아는 지식과 이성을 총동원하여 이기려 들었다. 하지만 도전은 참패로 이어졌다. 정도가 심해지면 아내는 방망이를 휘두르긴커녕 마음의 철문을 견고히 닫고 야구방망이를 빗장 삼아 그 속에 숨어 버렸기 때문이다. 차라리 쓰리랑 부인처럼 소리 지르며 겁을 주기라도 하면 무슨 대응이라도 할 텐데 아내가 빗장을 걸어 잠근 시간은 내게는 참 고문이었다. 그러나 그 단절은 역설적으로 생각이라는 걸 하게 하는 시간이기도 했다. 그리고 생각하면 할수록 아내의 방향이 옳았음을 알게 되었다. 내 어리석음과 부족함으로 아내를 또 우리 가정을 힘들게 한 시간이 후회되었다.

그런 상황이 몇 번 반복된 후에야 깨달았다. 아내는 나와 아이가 미운 게 아니라 누구보다 사랑하기에 커다란 결점을 해결하고자 노력해 왔다는 사실을. 그리고 사랑하는 사람은 늘 지는 법이라는 누군가의 말처럼 아흔아홉 가지 부족한 부분을 참아 넘기고 이해해 주었던 그 마음은 차마 헤아리지 못했다는 후회가 밀려왔다. 꼭 고쳐야 할 부분이라면 당연히 수긍해야 함에도 한 번은 자존심을 부리고야 마는 내가 한심했다.

사실 내 삶에는 매일매일 부정과 게으름과 악함과 연약함의 싹이 하루에도 몇 번씩 장마철 뒷마당 잡초처럼 고개를 든다. 스스로 그것들을 제거하는 삶을 살아야 하지만 방치하는 경우도 많다. 잡초의 뿌리가 깊어질 때마다 아내가 집어든 건 야구방망이가 아니라 호미였다. 호미가 내 눈에 야구방망이로 보인 건 성숙하지 못한 인격과 부족을 인정하기 싫은 내 아둔함 때문이었다. 여하튼 호미를 들면 쉽게 해결될 일을 손으로 후벼 파며 자존심만 세우면 무슨 소용인가.

호미를 야구방망이처럼 시원하게 휘둘러도 괜찮다. 아내 앞에 음매 기죽어도 괜찮다. 나는 아내가 무서워 쪼그라든 게 아니라 내 결점을 날려 버리는 아내에게 감사하기 때문이다. 약삭빠르고 냉철하고 이성적이고 논리적인 것도 좋지만, 사랑하기 때문에 지는 쪽을 선택했을 뿐이다. 사랑하기에 방망이 같은 호미를 던져 주는 아내를 나도 사랑하기 때문이다

오해하지 말자. 나는 절대 기가 죽은 게 아니다. 쓰리랑 남편도 일자 눈썹 아내의 발부리를 올려다보며 나와 비슷한 마음이었을 거다.

소꿉놀이처럼 살아간다면

미용실에서 머리를 손질한 후 흡족함을 느낀 날이 별로 없다. 선생님 실력 문제가 아니다. 내 머리카락이 워낙 가늘고 숱이 없는 데다 곱슬기까지 있어 손질이 참 어렵기 때문이다. 괜찮게 자른 것 같아도 하룻밤 자고 나면 황소보다 센 곱슬기가 끝을 살짝 말아 올려 뚱뚱해지며 실망감을 안긴다.

몇 주 지나면 어느 정도 괜찮아지는데 그러면 또 자를 시기다. 마음 같아서는 중학생 때처럼 허연 땜빵 자국이 드러나도록 까까머리를 하고 싶다.

"내가 깎아줄까?"

햇살 좋은 주말 오후 미용실 가기를 미적거리며 애꿎은 거울만 째려보는 내게 아내가 묻는다.

"자신 있어?"

"뭐, 그까짓 거 대충 깎으면 되지. 호호."

용기도 무모한 도전도 아닌 '망치면 까까머리 해 버리지 뭐.' 하는 반쯤 포기한 심정으로 가위와 이발기를 주문한 다음 날, 홀딱 벗고 욕실에 앉았다. 이발기를 든 아내의 손이 기계의 진동보다 떨리고 심장 박동이 욕실 벽을 울리니 내 몸과 머리도 덩달아 후들거렸다. 눈을 질끈 감고 귀나 살만 잘려 나가지 않기를 빌었다. 시간이 얼마나 지났을까. 허리가 뻣뻣하고, 다리에 쥐가 나려 할 때쯤 아내가 모기만 한 목소리로 일어나 거울을 보라고 한다.

'망친 건가. 그렇겠지. 머리 깎는 기술을 하루아침에 가질 수는 없으니까.' 미용실에 가서 상황 설명을 어떻게 하면 좋을까 고민하며 거울을 보았다. 그 순간,

'어라? 뭐지? 이거 꽤 괜찮은데?'

말 그대로 반전이었다. 아내는 그동안 푸념처럼 늘어놓았던 내 바람을 흘려듣지 않았는지 첫 작업치고는 고객의 니즈를 제법 잘 캐치한 만족스러운 퍼포먼스를 보였다. 물론 알고 보는 사람에게는 말도 안 되는

수준이겠지만 말이다.

어쨌든, 그때부터 아내는 우리 집 헤어디자이너다. 그날의 컨디션에 따라 의도를 알 수 없는 모양도 나오고 쥐도 파먹고, 가끔 딸들은 되돌릴 수 없는 현실에 서러운 눈물을 흘리기도 하지만 그래도 즐겁다. 이런저런 요구를 바로바로 할 수 있으니 오히려 속도 편하고 맘도 시원하다.

오늘은 친구와 약속한 여행을 위해 여권 사진을 찍으러 간다. 아내는 내 앞머리가 너무 길다며 살짝만 손본다더니 가운데 부분을 훅 잘라 버리는 참사를 일으켰다. 나는 잘린 길이에 맞춰 주변을 짧게 정리하라고 했으나 아내는 손을 저으며 강하게 거부했다.

"괜찮아, 별로 표시 안 난다고~!

난 더 이상 못 잘라!"

"안돼, 균형을 맞춰야 해.

그냥 전체적으로 짧게 잘라!"

"아~ 정말! 전체적으로 짧게 자르다가

완전 영구 되면 어쩔래?"

"지금이 영구야.

그리고 이 머리로는 여권 사진 절대 못 찍어~!"

결국 아내의 손에서 가위를 빼앗아 군대에서 남의 머리 몇 번 깎아본 기억을 되살려 주변을 다듬었고, 다행히 사태를 어느 정도는 수습했다.

"어, 괜찮아졌네.
난 아직 그렇게 과감하게는 못 하겠어…."
"아이고, 그리 소심해서 그만큼이나 파먹어 버리냐?"

상황이 정리된 후 몸에 묻은 머리카락을 샤워기로 씻어 내는데 갑자기 '풋' 하며 실없는 웃음이 새 나왔다. 꼭 이런 모습이 어린 시절 엄마, 아빠 역할을 정해 놀던 소꿉놀이 같다는 생각을 한 탓이다. 머리 스타일도 우리의 삶도 소꿉놀이 그 모습 그 순수와 닮았다.

눈을 감은 채 떨어지는 물줄기를 따스한 비처럼 맞으며 생각했다. 소꿉놀이할 때 엄마, 아빠는 참 다정했다. 큰 소리를 내는 일도 싸우는 일도 없었다. 그저 백이면 백 서로를 위로하고 격려하는 대사가 다수였다. "여봉, 식사하세용~", "여봉, 회사 잘 다녀오세용~", "여봉, 오늘 아주 힘드셨죵?" 하는 애정이 듬뿍 담긴 말들만 오갔다. 쌓아둔 감정의 찌꺼기도 없고 쓸데 없는 자존심도 세우지 않았다.

소꿉놀이처럼 살면 나쁜 말도, 싸울 일도 없고 날마다 순간마다 참 다정다감하겠다. 좀 유치하고 철없어 보여도, 가끔 그 머리 어느 미용실에서 했냐고 이해 못 한 표정으로 묻는 이해 안 할 질문을 받아도, 소꿉놀이하듯 살면 참 행복하겠다. 의도치 않게 짧아진 앞머리를 보면서도 웃을 수 있는 유치함이 참 감사하다.

"여봉봉~ 머리 예쁘게(?) 잘라줘서 고마워요옹~"

혼자
노력한 줄
알았네

결혼 전 나는 내일의 계획이나 준비가 없는 오늘을 살았다. 대표적인 예로 박지성이 출전하는 축구 경기는 밤과 새벽을 가리지 않고 사명인 듯 챙겨 보았다. 박지성이 골을 넣으면 흥분이 가시지 않아, 결과가 나쁘면 아쉬움을 달래려 채널을 이리저리 돌리고 돌려보며 밤을 지새웠다. UFC나 OCN등 새벽을 밝힐 수 있는 채널은 충분했다. 빨건 눈으로 출근했어도 딴에는 열심히 일해 밉상 받지는 않았지만, 피곤함에 절어 늘 불안정한 컨디션으로 하루를 보냈다. 결혼 후에도 박지성을 끊지 못했고, 아내와 작은 다툼이 시작됐다. 아내는 주중, 주말은 물론 밤낮도 가리지 않고 재방송까지 챙겨 보는 충성심을 이해하지 못했고, 그런 아내를 나 역시 이해할 수 없었다.

"다음 날 결과나 하이라이트만 보면 되잖아!"

"꼭 박지성 때문에 동태 같은 빨간 토끼 눈으로
밤을 새워야겠어?"
"박지성이 골 넣으면 오빠한테 밥이 나와?
떡이 나와!"

아내는 하루 종일 허투루 보내는 시간이 없다. 새벽에 일어나 가족을 위해 밥과 반찬을 만들어 먹이고 도시락까지 싸서 출근한다. 열정적으로 학생을 가르치고 집으로 돌아와 수업 준비 후 책을 읽고, 빨래와 청소를 하고 아이와 남편(?)을 돌본다. 주말에 사람을 만날 땐 항상 화기애애한 분위기를 만들어 대인관계도 좋은 편이다. 모임 참석도, 수다도 열심이고, 훈육과 내조에도 열정적이다. 그런 아내와 함께한 세월이 벌써 17년이다.

"아니, 지금 박지성이 우리나라 축구 역사에
새로운 장을 열어가고 있잖아?"
"내 친구는 다 보는데 그럼, 걔들은 뭔데?"
"그리고 뭐, 내가 박지성 축구 본다고 일상생활을
못 하지도 않잖아?"

이렇게 시작된 장외 전쟁은 눈치싸움으로 이어졌다. 새벽 경기가 열리는 날에는 잠든 척하다 살며시 이불을 걷고 거실로 이동해 볼륨을 최대한 낮추고 나만의 리그를 즐겼다. 추운 날에는 이불을 뒤집어쓰고 출출하면 컵라면 하나 말아 먹으며 대한민국 축구 영웅에게 작은 소리로 최대한 기를 전달했다.

그러다 어느 순간, '끼익'하며 천천히 방문이 열리고, 검은 방안의 좁은 문틈 속 풀어헤친 머리 사이로 흰자위 가득한 눈을 깔아 째려보는 아내와 얼굴이 마주칠 때면 숨이 멎는 듯했다. 아무 말 없이 한참을 대치하다 방문이 닫히면 나는 '들어갈까. 아이, 내가 뭐 이 정도도 못해.'하며 끝까지 영웅에게 집중했고, 다음 날이면 겨울왕국도 아닌 집안에 얼음 바람이 쌩쌩 불었다.

대학에 입학해 아버지의 억압에서 조금씩 벗어나자, 술과 친구를 만나 노래를 부르고 춤을 췄다. 새벽까지 흥청망청 밤거리를 배회했다. 고삐 풀린 망아지처럼 아둔한 방식으로 어린 시절 쌓인 스트레스를 풀었다. 꼭 축구뿐만 아니라 그때부터 이어진 나의 자유분방함과 규칙 없는 생활은 우리 부부 사이에 틈을 벌려가는 원인이었다. 남자라는 이유로, 쓸데없는 자존심으로, 내 잘못된 습관을 바로잡는 노력이 꼭 아내에게 지는 것 같아 순순히 항복하기보다 버티고 반항하는 어리석음을 보였다. 하지만 언제까지 그렇게 무질서하고 내일이 없는 듯 살 수는 없었다. 불행하게 살아온 어제도 억울한데 그 불행이 남긴 잔재로 오늘과 내일까지 행복의 조건을 마련하지 못한다면 그건 모두 내 책임이다.

박지성 축구와 격투, 영화 채널을 끊는 일도, 낚시와 음주 가무를 떠나는 일도 참 어렵고 힘들었지만, 결국 조금씩 그들과 멀어지며 남편으로서의 루틴을 만들고, 아빠로서의 계획을 세우며, 가장으로서의 안정을 만들어 갔다. 그렇게 17년 세월을 루틴 메이커로 살아오며 나를 변화시킨 아내에게 참 감사한다.

그런데 얼마 전 아내가 울면서 이런 말을 했다. 자신도 너무 힘들었다고. 자기도 결혼 전에는 정오까지 늦잠도 잤고, 좋아하는 드라마 폐인도 했고, 휴대전화 게임 속 보석을 밤새 터트리며 카톡 속 지인과 순위 경쟁에 최선을 다하였으며, 하루에 한 끼든 네 끼든 먹고 싶을 때 먹고 놀고 싶을 때 놀았다고. 아내와 엄마가 되어 그것들을 스스로 고쳐가느라 힘이 들었다고….

그랬다. 혼자 노력하는 줄 알았고, 아내는 원래 그런 사람인 줄 알았는데, 그게 아니었다. 아내도 나와 똑같이 한 남자의 아내, 두 딸의 엄마, 한 가정의 울타리가 되기 위해 편히 누렸던 많은 것을 포기하고 힘들게 힘들게 자신을 바꿔왔다.

세상에 그렇게 태어난 사람은 없다. 살인자도 원래 살인자는 아니었고, 성인도 마찬가지다. 엄마도 아빠도 처음에는 누군가의 철없는 딸과 아들이었다. 결정과 선택의 책임을 다하기 위해 그렇게 새로운 옷에 자신을 힘들게 맞추며 살아간다. 결혼이라는 옷은 입기 전에는 보드랍고 견고하며 찬란한 빛이 돌아 딱 내 것이란 확신을 준다. 그러나 막상 몸에 걸친 후 시간이 지나면 예상치 못한 결점이 느껴진다. 빡빡한 부분은 몸을 조이고, 물러 터진 틈으로는 살이 삐져나온다. 내가 기대한 최상의 옷감도 명품도 아니었음을, 그래서 자랑은커녕 실망과 후회가 밀물처럼 덮여 온다. 안타깝게도 내게 꼭 맞는 상대는 이 세상에 없다. 실상은 해어지고 모난 곳을 깁고 메우고 두드려 피며 살아가는 게 우리의 삶이다. 우주가 또 다른 우주를 만나 일평생 하나가 된다는 건 삼위일체보다 이해하기 어려운 사건, 우리 생에 가장 모순되는 역사이다. 서로에게 맞추기 위해 가끔 자전도 공전도 멈추어야 하는 엉터리같이 아름다운 연합이다. 그리고 오늘 나는 그 옷에 어울려져 가는 너와 내가 기적이다.

사람
사용
설명서

"애들은 말 안 들으면 무조건 때려야 된다."

"나이가 몇 살인데 지금까지 그것도 몰라요?"

"내가 지금 기분이 굉장히 안 좋아요. 그래서 이런 회의 자체가 피곤하네요."

가끔 사적 만남이나 공적 모임에서 왜 저런 말과 행동을 할까, 가슴이 답답해지는 사람을 만난다. 또 의도와 상황을 떠나 말에 가시를 담아 쏘아대거나, 속마음과 다른 말을 그것도 애매모호하게 돌려대는 통에 엉뚱한 곳에 헛심을 쓰게 하는 사람도 있다. 상황이 종료된 후에야 진의를 밝혀 한없는 허탈감을 주는 사람 말이다. 그런가 하면 전혀 화를 낼 상황이 아닌데 목에 핏대부터 세우고 달려드는 사람도 있다. 오늘 딱 그런 사람을 만났다.

일상적인 회의가 끝나갈 무렵 몇몇 건의 사항을 전달했다. 이번이 아니면 기회가 없을 것 같았고 어려운 문제는 아니라 여겼기에 가벼운 마음이었다. 하지만 회의 책임자는 잔뜩 찌그러뜨린 표정으로 "이 시간에 꼭 그런 말을 해야 해요?"라며 짜증을 표했다. 나는 '이런 의견을 나누지 않으려면 회의는 왜 해요?'라고 받아치고 싶었지만, 감정 싸움으로 번지는 게 싫었고 황당한 마음에 회의가 빨리 끝나기만을 기다렸다.

그 사람과 풀지 못한 감정의 찌꺼기가 남았다. 내 의도가 바르게 닿았다면 전혀 문제가 될 상황이 아닌데 상대는 기분이 상한 모습이었다. 적잖이 흥분하며 낯을 붉혔다. 마음의 문제가 아니라면 서로가 가진 언어의 의미가 달라서일 수도 있다. 그것도 아니라면 의미 없는 상대의 습관에 소심한 나의 가슴앓이인지도 모른다.

속 시원히 털지 못해 머리끝에서 발끝까지 압박 붕대로 꽁꽁 싸맨 듯 답답하다. 언어의 한계인가. 삶과 경험의 차이인가. 개와 고양이처럼 상대의 표현과 몸짓의 의미를 반대로 해석하기 때문일까. 다시 불러 끝장토론이라도 하고 싶은데 바쁜 삶 속에 스쳐 지나갈 사람을 붙들어 놓을 수는 없다. 설사 토론이 성사된다 해도 꼬치꼬치 따져 드는 소심한 꼰대로 비칠 확률이 높다. 그래. 이런 고민을 하는 내가 소심한 꼰대다. 그렇게 넘어가자.

이런 일을 겪으면 엉뚱한 상상을 한다. 누군가 만나기 전 찾아볼 수 있는 사람 사용 설명서가 있다면 얼마나 좋을까. 설명서를 미리 읽고 만나면 쓸데없는 탐색도 필요 없고 오해와 상처를 주고받을 일도 줄 테니 말이다. 만약 다툼이 있었더라도 문제가 되는 항목의 페이지를 찾아 찬찬히 읽다 보면 '아, 이 사람은 이렇게 만들어져서 그랬구나!' 하며 뒤끝도 없을 터이다.

세상에 그런 게 있을까. 싶지만 어느 순간 고대의 지혜가 담긴 파피루스 조각보다 귀한 사람 사용 설명서가 발견된다. 갖은 시행착오를 겪고 난 후에야 조금 얻게 되어 더욱 값지다. 그 비밀의 구절을 들여다보고 나면 매번 조금 더 빨리 알았으면 좋았을 텐데 하는 아쉬움이 남는다. 대부분 섣부른 판단에 상처와 딱지를 남긴 후이기 때문이다.

아내와 이십 년 가까운 세월을 보내며 아내 사용 설명서를 가슴속에 만들어 가고 있다. 오해와 선입

견으로 지우고 다시 쓰는 일을 반복해 너덜너덜해진 설명서를 조금씩 조금씩 완성해 간다.

- 전사의 간을 가졌으나 심장은 모기만 하다.

- 눈치가 백단이지만 백치미도 만만치 않다.

- 불리할 때는 논점을 흐려 자신에게 유리한 상황을 만든다.

- 분위기에 잘 휩쓸리고, 수다를 떨며 기쁨을 얻고 에너지를 발산한다.

- 그 부작용으로 집으로 돌아와 소파에 그대로 기절한다.

- 포커페이스를 모른다.

- 귀가 얇고 사람에 대한 경계심이 없어 사기에 취약하다.

- 내가 기절할 듯 놀라거나 무언가에 세게 부딪히면 기뻐한다.

- 아이와 아이처럼 싸운다.

- 걱정을 미리 하지 않는다. 그래서 잘 먹고 잘 잔다.

- 배움을 즐긴다. 그래서 잘 먹고 잘 잔다.

- 화가 났을 때 섣불리 건드리면 안 된다. 스스로 꺼질 때까지 기다릴 줄 아는 인내가 필요하다.

– 또 한 가지… 강한 척하나 한없이 여리고,

제 멋대로인 듯 하나 섬세하게 상대를 헤아린다.

아는 만큼 믿음이 생긴다. 안다는 건 그만큼 노력했다는 의미다. 노력 없는 사랑은 오래가지 않는다. 불이 타오르기 위해서는 끊임없이 바람을 넣어야 하듯 사랑도 노력 없이는 금세 시들기에 잠시도 방심하거나 안심할 수 없다. 사랑이 식었다는 건 노력이 사라졌다는 말과 같다. 노력이 사라지면 서로에 대한 관심은 물론 소망조차 사라진다.

사람 사용 설명서는 관심과 이해와 인내와 희생과 애씀 끝에 발견되고 끝없이 수정되어 간다. 그 사람만의 가치를 담은 보물 지도다. 살고 살아가기에 쉼 없는 노력으로 다듬어져 가는 아름다운 사랑의 기록이다. 문득 아내의 남편 사용 설명서가 궁금해진다.

소리 없는 속삭임

언제부턴가 집 주변 만만한 터에 나무를 심는다. 소나무를 시작으로 감, 석류, 포도, 복숭아, 자두, 사과, 하귤(하귤은 그해 겨울을 넘기지 못했다), 무화과, 블루베리(신통하게도 블루베리는 겨울을 견디고 지금까지 잘 살아있다)도 나무라면 블루베리 나무까지. 나무는 실상만으로 만족을 주지만 꽃을 피우고 열매를 맺기에 더욱 예쁘고 기특하다. 시골 봄철에는 취해도 좋을 만큼 산과 밭에 가득하나 내가 심은 나무에서 핀 작은 꽃 한 송이는 다시는 볼 수 없는 인연처럼 발과 눈을 이끌어 한참을 머물게 한다.

마트에서 쉽게 손에 넣을 수 있는 과일도 심긴 나무에 달리면 금쪽같다. 찬란하지 않아도, 매끈하지 않아도 가녀리면 가녀린 대로 상처 입었으면 굽이진 대로 곱고 애틋하다. 돌산을 깎아 이룬 터라 마당에 심긴 나무의 성장이 더디다. 하지만 한두 해 지나니 꽃도 제법이고 재미를 볼 만큼의 열매까지 단다.

겨울, '살아있냐.'고 안부를 물으면 앙상한 나무는 찬바람에 입을 꾹 다문다. 봄비를 맞은 개구리가 흙을 걷고 몸을 뻗어 발가락 끝까지 피를 돌릴 때쯤, 가지 끝에서 새벽녘 초생별만 한 푸르고 여린 빛을 살포시 발하며 '안녕.' 오래된 문안에 답한다. 그렇게 나무는 그해 눈이 내릴 때까지 가진 힘으로 생의 위대함을 표한다.

코로나 때문이었을까. 갑자기 열대과일 나무가 절실해 망고와 바나나 그리고 귤나무를 들여놓았다. 망고와 귤은 열매를 주렁주렁 달고 왔기에 가을에는 꽤 새콤달콤한 맛을 봤다.

가을이 지나 겨울, 베란다에 놓았음에도 폭염이 체질인 녀석들은 온몸을 잔뜩 웅크린다. 바나나는 잎이 누렇고, 망고나무는 동상에 걸린 듯 소슬하다. 봄이 오자 다행히 생명은 건졌지만, 다음을 기약할 수 없을 정도로 내려앉은 모습이었다. 반면 귤나무는 나름 씩씩하게 잎을 내고 꽃을 피웠다. 보드라운 아기별 모양의 꽃을 대하는 코는 상큼했고 손에는 진한 향이 배어 벌과 나비가 대롱을 뻗쳐도 이상하지 않을 것 같았다.

귤꽃이 진 자리에 콩알만 한 열매를 몽글몽글 맺었다. 그런데 좀처럼 살이 붙지 않는다. 두 달이 지나도 녹색의 구슬만 한 크기에서 성장을 멈춘 것 같아 온실도 없이 귤 맛을 보려는 건 역시 과욕인가 싶었다. 가을이 되어 남은 잎 하나 없이 작은 열매만 단 나무가 가엽기까지 했다. 그래도 혹시나 하는 마음에 아기 주먹만 한 귤의 시퍼런 껍질을 조심스레 벗겨 한 알 입에 넣었다. 그리고 입안에 폭죽이 터졌다.

'세상에, 귤 맛이, 완벽한 귤 맛이 난다!'

그저 밍밍한 물, 아니면 너무 시큼해 인상을 오만상 찌푸릴 각오로 베어 문 귤에서 봄에 핀 꽃 수만 송이가 농축된 즙이 쏟아졌다. 여름이 지나갈 무렵 제주에서 온 귤나무는 제대로 된 귤 맛으로 재주를 부렸다.

아내와 딸이 연신 대박을 외치며 야금야금 귤을 씹어 삼키는 모습을 지켜보는 흐뭇함도 잠시, 열매를 따고 난 나무의 앙상한 가지가 자꾸만 한쪽 마음을 건드렸다. 아무래도 지난겨울 너무 혹독했고, 작은 화분에 양분이 적어 올해를 마지막으로 '죽어가는 게 아닌가.' 하는 걱정이 마음을 누른 탓이다.

가여운 마음에 양지바른 곳에 올려두고 들어갈 때 한번 나올 때 한번 지켜보며 시간이 지나던 어느 날, 가지 사이사이에서 반딧불이의 그것만 한, 푸름이 하나, 둘 손을 내밀었다. 눈을 씻고 다시 보니 봄에나 보일 파란 싹들이 앙상하고 딱딱한 가지를 뚫고 솟아오르는 게 아닌가. 그러고는 어느새 보들보들 푸르고 윤이 나는 연녹색 날개를 넓게 펼치며 건장한 나무의 형상을 만들어 내고야 말았다. 옷이 날개라더니 나무는 잎이 날개인 게다.

귤나무는 열매가 모두 떠난 후에야 자기 몸을 돌아본다. 열악한 환경에서도 자식을 귤답게 자라게 한 뒤에야 제 몸을 살폈다.

'말 못 하는 나무도 이렇게 자식을 사랑하는구나!'

어린 나이에 처음 맞는 타향의 겨울, 그럼에도 고난을 이겨내며 꽃을 틔우고 열매를 맺어 어미 몫을 해낸 화분 속 작은 나무가 참된 부모의 자세를 온몸으로 펼쳐 보였다. 그 귀한 가치를 나무는 소리도 없이 가을내내 속삭였다.

대지의 평안을
노래할 수 있기에

아내와 매형, 아이를 제외한 가족여행을 계획했다. 어찌 됐든 아버지 팔순이니 뭐라도 해야 한다는 어머니의 말씀을 거스를 수 없었다. 언제든 나타날 추태를 받아들이거나 제어할 수 있는 어머니와 누나만 함께하는, 정상적인 가정에서는 특별한 이벤트가 아니라면 이해할 수 없는 조합이다. 장소는 할아버지의 고향, 차로 네 시간을 달려 목포에서 배를 타고 한 시간 반을 더 들어가야 하는 남쪽의 작은 섬 장산도다.

정한 날이 다가올수록 몸과 마음이 갑갑했다. 아버지와 2박 3일. 차 안에서 열 시간, 배에서 세 시간, 숙소에서 함께 보내야 할 모든 과정이 주릿대가 되어 다리 사이를 비튼다. 아버지와 함께하는 시간과 공간은 부담을 넘는 고통이다. 아버지와는 어릴 때, 친척집 외에는 여행의 추억이 없다. 가슴 깊은 대화나 뜨거운 포옹은 물론 손 한번 잡거나 사랑한다는 말 한번 주고 받지 못했다. 지옥같이 잔혹한 시절의 회상만 남긴 아버지, 미움과 불신만 가득한 아버지와 단지 혈육이라는 이유만으로 2박 3일. 나는 숨이 막힌다.

"마지막 소원이라 생각하고 한번 들어 드리자…."

누나는 나보다 더 큰 피해자이지만 언제나 어머니를 위해 아버지와의 불편함을 감내한다. 마음에 없는 말로 비위도 맞춘다. 아버지로 인해 자라지 못한 부분이 누나를 괴롭힐 테지만 어머니를 위해 여물지 않은 상처를 두터운 속으로 덮는다.

두 딸을 키우며 많이 안아주고 하루에도 몇 번씩 사랑을 고백한다. 강과 바다에서는 낚싯대를 던지고, 계곡에서 튜브도 탄다. 주말이면 영화를 본 후 산자락을 찾아 낙엽을 키만큼 쌓아 올린다. 생일에는 모닥불을 선물하고 잠들기 전 힘겨루기와 간지럼 참기 한바탕을 펼친다. 힘이 좀 빠지면 가만히 누워 들려주는 옛이야기도 그냥 넘어가면 섭섭하다. 눈이 내리면 희고 넓은 자연의 품에 몸 자국을 새긴다. 눈사람과 눈싸움 뒤에는 따스한 물에 손과 발을, 가슴 속 대화로는 마음을 녹인다. 그렇게 두 딸과 애정의 총량이 늘수록,

행복의 농도가 짙어질수록, 아버지에 대한 원망이 깊은 굴속 종유석처럼 자란다.

누나와 나도, 어린 시절 사랑만 받아도 충분할 만큼 예뻤었는데. 내 딸만큼이나 소중한 존재였을 텐데. 사랑할 수 없었다면 그냥 내버려 두기만 했어도 내 심장의 색이 조금 더 밝았을 텐데.

아버지와 이 땅에서의 남은 날이 많지 않음은 안다. 어느 것 하나 제대로 맞추지 못한 채 이별을 당하면 남은 생을 후회로 채워갈지도 모른다. 하지만 억압받던 시절에서 한 뼘도 나아가지 못한 아버지와의 관계는 아팠던 시절에 멈춰 회복을 가로막는다. 아무래도 혼자는 자신이 없어 둘째에게 구조를 요청하는 조난자의 심정으로 손을 내밀었다.

"할아버지, 할머니, 고모, 아빠 여행 가는데, 같이 갈래?"

"어디 가는데?"

"응, 남쪽에 있는 예쁜 섬에 가는데, 문제는 좀 멀어. 하지만 차 많이 타는 것 말고는 괜찮을 거야."

"그래 알았어."

둘째는 흔쾌히 작은 어깨를 내주었고 아픔과 행복을 실은 자동차는 낯선 섬으로 목적지를 설정했다. 여행 내내 딸은 아빠의 손을 잡고, 곁을 맴돌며, 품에 꼬옥 안긴 채 잠들었다. 반찬 투정이나 잠자리 불평 한 번 없이 아빠와의 추억 쌓기를 즐겼다.

새벽녘, 팔을 베고 잠든 아이를 감싸며 아버지와 아들 그리고 딸의 관계에 대해 생각했다. 왜 아버지는 일평생 그 어떤 사람보다 못난 삶을 살아야 했는지. 그리고 나는 왜 그런 아버지를 만나 가시로 만든 조롱에 갇힌 새처럼 수십 년을 보내야 했는지. 그리고 내 품에 안겨 잠든 이 작은 존재의 의미는 무엇일까를 묵상하다 무거운 관념이 뇌리를 흔들었다.

아버지는 위로부터 내려오는 죄의 결과이다. 4대 독자 할아버지는 맹목적인 사랑을 받았고 죄를 지어도 벌을 받지 않았다. 많은 땅과 가진 재산은 독이 되어 방탕한 생활을 도왔다. 할아버지가 가족을 쉽게 버릴 수 있었던 이유도 윤리와 도덕을 가르치지 않은 선조의 잘못이다. 그렇게 쌓인 죄가 아버지 같은 괴물을 만들었다. 그리고 최악의 결과물에서 태어난 나는 그 악을 맺고 선을 틔울 도구다. 썩은 나무를 걸러낸 땅에 건강한 나무를 심고 꽃을 피워 열매를 맺어야 한다. 그 열매가 지금 내 품에 잠든 딸이다.

어린 시절 지독했던 고통은 핏줄로 내려오는 중독, 방탕, 호색, 폭력, 게으름, 어리석음, 그리고 영원한 죽음을 끊어낼 연단이었다. 그만큼의 고통이 아니라면 끊지 못할, 뼛속까지 들어선 악습이다. 지금 사랑하는 처자식과의 만남, 그리고 한 인간이 느끼는 악으로부터의 해방이 얼마나 큰 기적인지 깨닫게 하려는 신의 담금질이었다.

아버지처럼 살지 않으려 팽팽하고 가느다란 줄 위에 몸을 올려놓고 살았다. 힘들었지만, 어그러진 방향을 돌려놓은 것만으로도 다행이다. 물론 아직 부족하기에 조금만 마음을 놓아도 내 속에 흐르는 악한 영향력이 유혹의 손길을 뻗는다. 하지만 지옥 같던 시절의 아물지 않은 상처를 바라보며 다시 끊어내고 잘라낼 힘을 얻게 된다는 건, 지독했던 시련과 고난만이 베풀 수 있는 은혜 아닐까. 모두 지나갔으며 이제는 불안에서 내려와 평안을 노래할 수 있기에.

6

동화 같은 이야기

바람이 실어 옮긴 작은 씨앗이 비바람을 견디고
바위를 뚫거나 땅속에서 하나가 되는 현상.
마침내 견고하게 서는 힘.
여리고 약한 아이가 세상에 꼭 필요한 기둥으로 성장해 가는 지혜.
그 모두가 작은 상식으로는 도저히 이해할 수 없을 만큼
묘하고 신기한 비밀. 참 신비한 행복 아닌가.

섬집아기

섬집아기. 첫째가 돌이 지날 무렵 들려주면 눈물을 흘리던 노래다. 누군가 첫 소절을 부르는 순간 아이의 표정이 진지해진다. 한 소절 더 나아가면 커다란 눈과 하얀 낯에 적외선램프가 켜진다. 그리고 얼마 지나지 않아 송아지 같은 눈에서 미움도 죄도 소리도 없는 눈물이 뚝뚝 떨어져 목에 감긴 면포를 적신다.

어른들은 아이의 반응에 신기해하며 공연히 잘 노는 아이에게 섬집아기를 불러 눈물을 쏟게 했다. 우는 모습은 가엽지만, 아무것도 모를 것 같은 아기가 특정한 노래에 반응한다는 사실이 그들에게 신기하고 묘한 재밋거리가 된 탓이다. 울리고 달래고를 반복하며 안쓰러운 웃음을 짓거나 애달픈 탄식을 표했다. 하지만 나는 아이에게 그 노래가 슬펐던 이유를 알고 있었다.

첫째는 결혼 후 5년 만에 기적처럼 왔다. 소중한 아이에게 우리 부부는 가진 사랑 이상을 부었다. 하지만 아이만 보고 있을 형편이 되지 않아 어린 축복을 어머니께 맡기고 출근했다. 하루에 한 번씩, 아이는 자신의 전부인 엄마 아빠와 이별을 맞았다.

섬집아기는 아내가 첫째를 낳고 자장가로 불러주던 노래다. 아이는 늘 엄마의 노랫소리를 들으며 평안을 누렸다. 그런데 어느 날부터 아침을 먹고나면 엄마 아빠가 사라진다. 아이는 매일 해가 지고서야 돌아오는 자신의 전부를 하염없이 기다렸다. 되풀이되는 헤어짐을 막고 싶었지만 방법을 알 리 없었다. 어찌할 수 없는 이별의 반복, 그리고 슬픔은 쌓여만 갔을 것이다. 그렇게 헤어짐을 뜻하는 노랫말에 스스로 잠글 수 없는 눈물이 뚝뚝 흘러내렸던 거다. 인터넷에서 한 때 인기를 누렸던 '숫자송'도 마찬가지다. 일 초라도 안 보이면 이렇게 허전하다는 노래 가사가 누군가를 그리는 노래임을 알았던 탓일까. 아이는 이 노래를 듣고도 같은 반응을 보였다.

아기는 온몸으로 사람과 상황을 받아들인다. 세상 물정을 모르는 건 물론 상식이나 공식, 이해타산 같은 것 역시 배우지 못했으나 때 묻지 않았기에 자신에게 다가오는 세상을 있는 그대로 빨아들인다. 그래서 아기 앞에서는 더 많이 조심해야 한다. 언행은 물론 생각까지도 신중하게 다스려야 한다.

특히 엄마 아빠의 역할이 결정적인 이유는 아이의 관심은 그 무엇보다 부모에게 집중되어 그 자체가 아이의 우주이기 때문이다. 심지어 학대조차 사랑으로 인식한다. 옳고 그름을 따지기보다는 생존을 맡긴 존재가 자신을 사랑하리라는 순수한 본능이 그 모두를 계산 없이 받아들이게 하기 때문이다. 오리 새끼가 태어나 처음 만난 표범의 턱 밑을 파고드는 것처럼 아기는 부모의 그 어떤 부분도 거르지 않는다. 그래서 다시 그때로 돌아간다면 올바른 말과 반듯한 자세로 아이를 대하겠다. 깨끗한 마음과 거짓 없는 영혼으로 껍질 없는 순수 앞에 서겠다. 그리고 지금, 이 순간이 머잖은 미래의 그때란 사실을 잊지 않고 오늘 내 딸을 맞이하겠다.

푸른 하늘의 겨울 바다가 좋았다

학생들이 쉬는 시간 스마트폰을 들여다보며 "아이고 내새끼, 아이고 예뻐라!" 한다. 최애가 어쩌고저쩌고 하며 '투바투'니 '르세라핌'이니 어느 나라 말인지 알아듣지 못할 단어를 들먹인다. 한껏 상기된 표정과 하루 중 가장 반짝이는 눈망울로 스마트폰 화면에다 손 하트 눈 하트를 마구 쏘아댄다. 그것도 저희를 가르치는 바로 내 앞에서.

'엄마 아빠를 그렇게 좋아하고 제발 수업할 때 그런 눈빛으로 해라!'

딱 이렇게 말해주고 싶다. 도무지 이해되지 않는다. 나 같은 꼰대가 요즘 음악과 아이돌을 보면 다 같은 사람의 같은 노래로 느껴진다. 떼로 몰려나와 무척 헷갈린다. 가사는 잘 들리지 않고 설령 들린대도 의미를 모르겠다. 굳이 저런 노래와 춤을 왜 그렇게 좋아하나 싶다. 이런 얘기를 대놓고 하면 원시인 취급 당할 게 뻔하니 그냥 아쉬운 눈빛만 보낸다. 그러다 문득 궁금해졌다.

"나는…. 나도, 저런 때가 있었나."

"나 또한 그랬었나."

"'가수나 연예인을 흠모하던 날이 있었나."

"…."

답을 찾는 데 그리 오랜 시간이 필요치 않았다. 점잖은 어른의 모습에 감춰졌을 뿐 내게도 그 시절이 있었음이 분명하기 때문이다. 지금 내 앞에 아이와 방식은 달랐지만 나도, 우리도 저마다의 가슴에 품은 스타가 있었다. 정도와 깊이의 차이는 나겠지만 대부분 그런 시절을 지나왔다.

고백하자면 유난히 가수들을 좋아했다. 지켜보던 가수의 새 앨범이 나오면 수업이 끝나는 대로 버스 정류장 맞은편 레코드 방으로 한달음 쳤다. 가난했던 시절 버스 대신 걸어 다니며 몇 달을 모은 차비로 좋아하는 가수의 테이프를 사는 날, 손안에 새로운 세상이

들어온 듯 황홀했다. 무인도에서 찾아낸 보석함을 여는 심정으로 테이프의 껍질을 벗기고 워크맨 속으로 밀어 넣을 때는, 처음 사귄 여자친구의 볼에 입술이 닿는 전율을 느꼈다. 노래가 귀와 가슴에 닿으면 새로운 세상에 수만 등불이 빛을 밝혔다.

'어찌 사람이 이런 가사를 쓸 수 있을까.'

'어떻게 인간이 이런 목소리를 가질 수 있을까.'

전영록을 좋아했다. 테이프가 늘어지도록 듣고 또 들었다. 누나는 종이학 천 마리를 접어 영록이 오빠를 향해 날리기도 했고 별밤에 사연을 보내기도 했다.

전영록 다음에는 푸른 하늘, 푸른 하늘 다음에는 이오공감, 유재하, 이승환, 이문세, 이선희, 윤상, 김광석, 김종서, 김정민, 임재범…. 힘들었던 시절 그들은 위로와 안식이었다. 사랑하고 이별할 때, 노래는 환희와 눈물이었다. 이유 없이 소리 지르며 달리던 역꼰대 시절, 그들은 내게 보이지 않는 도피처였다.

지금 내 앞의 아이를 기성세대의 눈으로 바라보면 한마디로 딱하다. 허비되는 시간과 돈, 그리고 감정이 너무 아깝다. 하지만 내 어린 시절을 하루라도, 아니 한시라도 돌아보면 마치 마음의 렌즈가 바뀐 것처럼 아이의 투명한 반짝임이 너끈히 이해되고도 남는다. 웃긴 건 마음속 별에 빠져 살던 나를 갑갑하게 바라보던 그 시절 어른들과 조금 전 아이를 향한 내 눈빛이 똑 닮았다는 점이다.

나이는 학생과의 관계를 어렵게 하고 세월은 이해의 간격을 벌려간다. 가르치는 아이는 물론 내 딸과의 거리도 멀어지게 하겠지. 나는 피터 팬 같은 선생님과 아빠로 남고 싶지만 현실 세계에서는 욕심이다. 그러나 희망이 있음은 나 역시 그 시절을 밟아왔다는 사실이다. 물론 완전히 같을 수는 없겠다. 하지만 힘을 써서 십 대의 나, 이십 대의 나로 되돌아가는 연습을 하다 보면 그 틈이 조금씩 메워지지 않을까. 어린 시절의 내가 벌어지는 조각의 끝을 잡아당길 테니 말이다.

"그래 애들아~ 아빠도, 선생님도 그랬다. 엄마는 더했다." 오늘 저녁 '투모로우 바이 투게더' 콜?

I like it baby!

미소는 사치가 되었나

둘째는 잘 웃는다. 작은 일에도 한가득 웃음꽃이 핀다. 그런 둘째를 보고 있으면 시나브로 입가에 옅은 미소가 지어진다. 재잘거림은 또 어찌나 심한지 함께 있으면 눈과 귀에 쉴 틈이 없다. 그런 둘째가 아빠에게 환한 웃음을 강요한다.

"아빠, 가르칠 때 그렇게 무서운 표정 하지 말고 좀 웃어~"

"학생이 무서워하잖아!"

"아니거든, 걔네가 아빠를 얼마나 좋아하는데…."

하는 식의 대화가 자주 오간다.

또 아빠가 밥을 먹어도, 책을 읽을 때도, 글을 쓸 때도, 심지어 마당에 잡초를 뽑을 때도 따라다니며

"아빠! 웃어~"

"아빠! 스마일~!"

을 연발한다. 그래도 안 되면 검지 두 개를 입에 넣어 좌우로 벌리면서까지 미소를 끄집어 내려 한다. 그때마다 귀여운 집요함에 억지로라도 입 끝을 올려 본다. 그런 날이면 평안을 얻기는 했으나 웃음은 여전히 어려운 나를 느낀다.

나에게도 둘째처럼 입가에 피가 날 만큼 웃음을 달고 지내던 시절이 있었다. 살다 보니 가벼운 일보다 무거운 일들이 많아지고 유쾌한 날보다 심각한 날들이 많아졌다. 어린 시절 논밭을 뛰어다니며 '오늘은 축구할까, 오징어 놀이 할까?'하는 선택보다 훨씬 곤란하고 중대한 결정을 내려야 하는 날도 늘었다. 세상과 사람 모두가 내 편은 아니라는 사실을 뼈에 새기며 잠 못 이루던 날도 가슴에 남았다. 그러면서 점점 얼굴에 가벼움보다는 신중의 그늘이 드리웠다. 이 모두를 합쳐도 0점 아버지가 끼친 영향보다는 못하지만 말이다.

아버지가 바다에서 돌아오기 전, 햇살 좋던 토요일 오후 어머니와 서로 얼굴을 마주 보며 숨을 쉬지 못할 정도로 웃었던 기억이 난다. 어렴풋한 기억으로는 어머니와 우유 많이 먹기 내기를 했던 것 같다. 키 작은 아들을 위해 어머니는 어떻게든 우유를 먹이고 싶었나 보다. 커다란 우유병을 입에 대고 벌컥벌컥 들이키며 옆눈으로 상대의 모습을 확인하다가 웃음이 터졌다. 입 주위에 우유를 질질 흘리며 웃는 모습은 더 웃겼다. 웃음이 사그라진 후 "우리가 왜 웃었지?" 하고 서로 묻다 특별한 이유가 생각나지 않아, 또다시 배꼽을 쥐고 바닥을 떼굴떼굴 굴렀다.

그렇게 함박웃음을 지으시던 어머니의 얼굴을 그 이후로는 볼 수 없었다. 어머니도 나도 세월과 해일에 맞서 견디며 미소는 사치가 되었나 보다.

그런 내게 아이는 웃음을 강요한다. 삶의 무거움과 아픔의 굳은살을 걷어 내고 목젖을 훤히 드러내길 원한다. 실망과 실패와 억압의 짓눌림을 떨쳐버리고 목청 놓아 웃음 지르기를 요구한다. 한 번쯤은 그런 딸과 웃음 내기를 해 봐야겠다. 누가 더 밝게 그리고 아이처럼 더 오래 웃는지를 가려 보겠다는 말이다. 딸을 이길 수는 없겠지만 손가락 두 개를 넣어 벌린 게 아닌 자연스러운 웃음이 내게도 간절하다. 아니 그보다는 그날 토요일 오후처럼, 속 뚫리게 한번 웃어보고 싶다.

들러붙은 침전물이 강한 엔진 바람에 날아가듯, 몇십 년 묵은 우울 찌꺼기가 웃음이라는 강력한 태풍에 도로시의 집처럼 날아가 버리길 기대하면서 말이다.

웃다 보면, 힘써 웃다 보면 더 웃기지 않을까. 웃을 일이 많아지지 않을까. 그쯤 되면 당황한 뇌도 간만에 행복 호르몬을 만들어 내느라 정신없겠지. 속 시원히, 모든 찌꺼기가 뻥 날아가도록, 딸과 함께 십 분도 넘게 웃어봐야겠다. 미친 듯이 사치를 부려 봐야겠다.

날개가
있다

누가 두고 갔을까. 명주처럼 작고 고운 알이 낙엽에 놓였다. 얼마 후 알을 비집고 나온 생명은 자신을 감싸던 껍질을 야금야금 씹으며 나무에 오를 힘을 얻는다. 타고난 감각을 쥐어짜 목표를 세운 후 알 먹던 힘으로 발톱을 세워 한 발 한 발 올라선다. 중력을 거스르다 힘이 부쳐 잠시 허리를 접고 숨을 고르지만, 돌아서는 법은 아직 모른다.

마침내 애벌레는 자기 생에 가장 높은 가지에 올라 초유처럼 풍성한 잎을 맞는다. 그리고 최초의 만찬을 즐긴다. 사각사각 사각사각 촉촉하고 부드러우며 달고 향기롭다. 귤나무 햇잎은 애벌레가 특히 좋아하는데 제주가 아닌 내륙에서 귤나무를 만난 건 천운이다.

"야야, 여 좀 나와 봐라~ 퍼뜩 나온나~!"

마당에서 나무를 살피시던 어머니의 목소리가 다급하다. 얼른 달려가니 시선과 손가락을 귤나무 한 편에 고정하시고는 "여 봐라.", "이것 봐라." 하신다. 미간에 힘을 모아 손가락 끝을 쬐려 보니 잎과 꼭 같은 색의 애벌레가 귤나무의 여린 살을 야금야금 파먹고 있다. 참젖을 실컷 얻어먹은 아기 볼처럼 살이 오를 대로 올라 살짝만 눌러도 펑 하고 터질 듯 탱탱한 모습으로. 더 충격은, 저항도 못 하는 잎을 야무지게 뱃속으로 밀어 넣는 놈이 한 마리도 아닌 네 마리씩이나 붙어 있다는 사실이다. 그 작은 나무에.

작년 봄, 제주에서 건너와 기대 이상의 귤 맛을 보인 녀석이 참 기특했다. 열매가 떨어진 후에야 제 몸을 단장하듯 잎을 틔웠다. 그 마음이 어찌나 대견한지 머리가 있다면 매일매일 쓰다듬고 싶었는데 그렇게 사랑스러운 잎 상당 부분이 잡스러운 것들의 뱃속으로 허무하게 사라져 버렸다.

평소 집 안에 날아든 작은 벌레 한 마리 해하지 않고 돌려보내는 내 신념과 이성의 불이 꺼졌다. 살찐 어른의 새끼손가락 크기의 애벌레 네 마리를 단숨에 떼어내 시멘트 바닥에 내동댕이쳤다. 녀석들은 영문도 모른 채 낙원에서 지옥으로 떨어져 녹색 피를 흘리며 꼼지락댔다. 그렇게 피차 희생만 남긴 전투는 씁쓸하게 막을 내리고 말았다.

그로부터 두어 달쯤 지난 수업 시간, 아이가 자연 관찰 영역에서 가져온 책을 나눈다. 여느 때처럼 페이지를 한 장, 두 장 넘기며 설명을 이어가던 중 어느 한 곳에 눈이 멈추고 심장이 뜨끔 한다. 애벌레, 내가 죽인 애벌레가 그 속에 있었다. 재미로 죽인 개미가 집채만 한 크기로 꿈에 나타나 "네가 그랬지!" 하는 것처럼, 녀석은 시커먼 눈으로 나를 노려보는 듯했다. 아무리 선명해도 사진을 뚫고 나올 리 없건만 긴장된 심신으로 수업 중인 아이도 잊고 한참이나 녀석을 바라보았다.

그들은 며칠만 그냥 두었으면 번데기를 거쳐 커다란 날개와 검고 멋진 무늬를 가진 호랑나비가 될 운명이었다. 하늘을 나풀나풀 나르다 사뿐히 내려앉아 우아하게 꿀을 따며 내 귤나무 같은 것들에 축복을 맺었을 호랑나비. 그것도 네 마리가 의미 없는 죽음을 맞았다. 자연의 질서를 파괴했으며 작은 소유욕에 그 이상의 가치를 바라보지 못했다는 미안함과 자책감이 들었다.

"선생님 애벌레는 왜 이렇게 징그럽고 못생겼어요? 나비는 예쁜데…."

아이가 맑고 순수한 눈으로 묻는다.

"그건 아마도 지금 보이는 겉모습만으로 모든 걸 판단하지 말라는 자연의 가르침이 아닐까?"

답을 들은 아이가 한동안 내 말을 곱씹더니 빛이 든 눈으로 유레카를 외치듯 말한다.

"아! '미운 오리 새끼'하고 비슷한 거네요!"
"음…, 그렇네! 하하하."

번데기 속 애벌레는 굳은 껍데기에 갇혀 발가락 하나 움직일 수 없을 만큼 무기력하고 고통스럽다. 상황을 이해하거나 다음을 예측할 수도 없다. 쇠사슬을 온몸에 두른 채 눈을 감고 바다에 뛰어드는 마술사보다 훨씬 두렵고 불안하다. 그러나 그 막막함을 자궁을 떠나는 아기의 심정으로 견딘 애벌레는 마침내 허물을 벗는 날 화려하고 웅장한 성충으로 다시 태어난다. 그래서 책에서는 곤충이 성체가 됨에 있어 반드시 번데기 단계를 거치는 현상만을 '완전 탈바꿈'이라고 명명한 것이리라.

지금 내 앞의 아이와 두 딸도 애벌레처럼, 미운 오리 새끼처럼 때로는 못난 짓을 한다. 시멘트 바닥에 던져 버리는 정도는 아니지만 가끔 답답해 재촉하는 나의 언행이 혹시나 상처가 되지 않을까 걱정이다. 섣부른 판단과 비판으로 속에 든 가능성을 펼쳐 낼 용기를 꺾지는 않았는지 반성한다.

책에서는 또 곤충 따위가 알, 애벌레, 번데기, 성충으로 자라는 일련의 과정을 '한살이'라고 한다. 그리고 그들의 한 살이는 매 순간 차원을 넘는다. 점의 차원인 알에서 땅을 걷는 평면의 차원으로 그리고 돋은 날개로는 입체의 차원을 난다.

곤충 따위가 한 살이 동안 여러 차례 차원을 넘는다면 하물며 사람은 어떠해야 할까. 말 못 하던 아기가 자기주장을 편다. 똥, 오줌 못 가리던 아이가 세계관과 자아를 형성한다. 내 것만 탐하던 청년이 이웃을 품고 가진 것을 나눈다. 그냥 두면 흐트러질 수밖에 없는 나약한 인간이 죄를 깨닫고 인류를 위해 헌신하는 존재로 다시 태어난다. 이것이 사람만이 가질 수 있는 탈바꿈, 곤충 나부랭이와 비교할 수 없는 한 살이 아닐까.

내 앞에 아이들도 언젠가 인고를 견디고 자신만의 날개를 펼칠 날이 오리라 확신한다. 지금 잘 먹여 놓으면 세월의 풍파를 견디고 이겨낼 힘도 커지겠지. 그리고 훗날 새로움을 입은 아이는 웅장하고 무결한 모습으로 다음 하늘을 비상할 것이다.

피터 팬과
세일러문

자매는 자라며 차츰차츰 자기들만의 시간을 늘린다. 다섯 살, 아직은 덜 자란 혀로 더 짧은 동생과 미간을 찌푸리거나 발을 동동거리며 진지한 대화를 나누는 모습은 우습고 신통하다. 그런 시간이 늘면 겨우 차 한잔 마실 여유에도 감사하고 대견하다. 하지만 엉뚱한 일로 난감한 상황을 연출하는 날도 적지 않다. 잠시 조용하다 싶어 살펴보면 십중팔구 작당하여 호작질이다.

화장한다며 엄마 크림 한 통을 서로의 손과 얼굴에 떡칠한다. 그 후에는 퍼질러 앉아 몸에 묻은 크림을 물감 삼아, 바닥은 도화지 삼아 초현실주의 작품활동을 펼친다. 언니가 대야에 물을 받아 방으로 끌어들이면 동생은 잽싸게 수건을 담근다. 그리고는 힘을 다해 때도 없는 수건을 들었다 놨다, 꼬았다 풀었다, 하며 몸도 방도 흥건히 적신다. 동생 머리를 대머리로 만들겠다며 싹둑싹둑 잘라 수북이 쌓인 머리카락에 엄마 아빠 간담이 녹기도 했다.

그런 자매에게 새로운 놀거리가 생겼다. 수시로 이불장을 열고 있는 힘을 다해 제 키보다도 높이 쌓인 이불을 끌어당겨 머리 위로 쏟아붓는다. 그 속에서 빠져나와 남은 것을 모조리 끄집어낸 후 널브러진 이불과 한판 씨름을 펼친다. 아내와 나는 간섭하지 않았고 신나게 논 뒤에는 다시 차곡차곡 쌓아 두었다. 그러던 어느 날 장모님이 그 장면을 보시고는 '정리해 둔 이불을 엉망으로 만드는데 왜 아이들을 혼내지 않냐.'고 걱정하셨다.

그 말씀을 듣고 갑자기 궁금해졌다. 아내와 나는 왜 이런 상황에 화가 나지 않는지. 그리고 아이는 무슨 생각으로 잘 정리된 이불을 그렇게 흩트려 놓으며 즐거워하는지. 방바닥에 잔뜩 쌓인 이불 위를 뒹구는 딸에게 물었다.

"뭐 하는 거야?"

"아빠, 여기는 수영장이야~"

첫째는 배를 깔고 개구리처럼 열심히 팔다리를 저어댔고, 둘째는 이불을 잔뜩 쌓고는

"아빠, 여기는 눈 땧인 언덕을 오드는 거야~"

"됴심해! 넘어질 뚜 있뜨니까앙~"

하며 이불 위를 오르다 미끄러지는 시늉을 한다. 애교머리 사이로 삐질 거리는 땀을 훔치며 최선을 다해 자신만의 산을 오르고 또 오른다.

아빠 엄마도 어린 시절 상상 속 세상이 있었다. 나는 한동안 네버랜드에 사는 고아들의 대장이었다. 팔뚝만 한 나무 막대기 하나를 대충 털어 허리에 꽂고, 또 적당한 소나무 하나를 후크선장 삼아 검을 휘둘렀다. 올라선 바위는 마치 해적선처럼 웅장했고, 그들과 겨루다 회중시계를 삼킨 악어가 어슬렁대는 바다로 떨어지기라도 할라치면 오금이 저려 오는 찌릿함도 좋았다.

엄마도 한때 제 자리에서 세 바퀴 돌고 주문을 외면 하늘도 날고 악당도 물리치는 여전사가 되던 시절이 있었다. 그땐 누가 뭐래도 "정의의 이름으로 널 용서하지 않겠다!" 하며 우주 평화에 생명을 바칠 각오로 충만했다. 그렇게 엄마, 아빠도 동화 속 주인공이 되어 만화 속 악당을 수없이 무찔렀다.

이불장에서 이불 꺼낸다고 집안에 무슨 일이 나는 건 아니다. 다시 정리하는 수고쯤은 아이들의 상상값에 비하면 매우 저렴하다. 크림은 촉각 발달에 도움이 되었고 빨래는 소근육, 머리카락은 자라는 동안 다시는 그런 짓을 하면 안 된다는 교훈을 수북이 담았다. 다치지 않고 다른 사람에게 피해를 주지 않는 선에서 아이들의 자유로운 활동은 보이지 않는 부분의 성장에 도움이 되리라 확신한다. 그래서일까. 그때 우리 부부는 입맞춤도 없이 아이가 이불을 다시 꺼내기 수월하게 정리해 두었다.

산,
나무,
강을 품고

농부는 밭을 갈아 작물을 심을 이랑과 사람이 다닐 고랑을 일군다. 자도 없고, 밑그림도 없지만 넓고 긴 밭의 두둑을 일정한 간격과 곧은 직선으로 배열한다. 이를 위해 농부는 발밑을 내려다보지 않는다. 대신 먼 곳에 심은 마음의 목표를 향해 쟁기를 끈다. 당장 발 앞은 조금 흔들릴 수 있으나 끝내 돌아선 밭은 가지런하다.

농사는 허리가 휘어지고 손발톱이 닳아 없어지는 고역이다. 그중, 자식 농사가 제일 힘들다는 말이 있다. 보이지 않는 목표를 향해 아이를 끄는 일은 어쩌면 쟁기질보다 수천, 수만 배는 복잡하고 순탄치 않기 때문이리라.

태어나 처음 둘째를 매질한 날처럼 상상만으로도 끔찍한 경험을 몇 번이나 더 해야 할지 모른다. 다음 날, 어머니를 찾아 어린아이처럼 마음을 내려놓았다. 어머니는 괜찮다며, 자식 키우다 보면 가슴 철렁이는 일이 한두 번이 아니니 그 정도로 마음 썩지 말라며 사십이 훌쩍 넘은 아들을 위로하셨다. 그 말씀이 따뜻한 봄바람처럼 내 얼어붙은 가슴팍을 녹였다. 하지만 처음 서 보는 아버지라는 길을 내일도 걸어야 하기에 여전히 불안하다. 게다가 안팎에서 쏟아지는 수많은 정보와 입 댐은 마음은 심란하게 한다.

때문에, 내내 흔들리지 않으려면, 신념이 확고하고 명확해야 한다. 믿음이 확실하다면, 이기지 못할 유혹은 없기 때문이다. 그렇다면 무엇을 근거해 믿음을 쌓아야 할까. 전문가도 의견이 갈리고 연장자도 경험이 나뉜다. 상황과 형편과 세월에 따라 이리저리 변하지 않는 확실한 기준은 없는 걸까. 인생을 되돌릴 순 없기에 마음이 흔들리고 심란할 때마다 많은 사람의 존경과 사랑을 받은 삶에서 증명된 답을 찾아본다.

영화 『로마의 휴일』에 출연해 세계적인 스타가 된 오드리 헵번은 별처럼 빛났다. 하지만 그녀는 화려한 조명과 짙은 화장을 지우고, 어둡고 소외된 곳으로 발길을 돌렸다. 암에 걸린 몸으로 굶주린 아이의 입에 밥을 넣어주던 모습은 그녀를 담은 그 어떤 영상보다

숭고했다. 사람들은 그녀의 타고난 외모와 재능에 열광했다. 그러나 훗날 가난한 이웃에게 베푼 주름지고 그을린 미소를 더 사랑했다. 비슷한 삶을 살다 간 수많은 별 중 그녀가 위인으로 인정받는 이유다. '섬기는 법을 배운 사람만이 행복한 사람이다.' 1952년 노벨 평화상을 수상한 앨버트 슈바이처가 남긴 말이다. 가봉 남부 작은 마을에서 60여 년간 가난 때문에 고통받는 자들을 치료하며 죽음까지 함께 했다. 병원을 세우기 위해 전공 서적을 팔고 피아노를 연주했으며, 노벨상 상금으로는 한센인을 위한 마을을 만들었다. 그가 죽던 날, 랑바레네 주민은 물론 전 세계가 요술쟁이, 원시림의 성자라고 불리던 슈바이처의 죽음을 애도했다. 지독한 반대에도 훈민정음을 세상에 전했으며, 천민 출신 장영실과 함께 세기의 발명품을 남긴 세종도 마찬가지다. 호의호식만 하며 살아도 당연한 듯 섬김을 받았을 그가 사대의 도의를 저버린다는 오명까지 마다하지 않고 일평생 불평과 비난을 받아들인 이유가 백성을 위한 사랑 때문이었다면 쉽게 이해할 수 있는 일인가.

인생의 참된 목표를 설정한 사람은 자신이 가진 재능과 기질과 명예와 권력을 이용해 더 나은 세상을 만들기 위한 거름으로 사용한다. 방법은 다르다 하여도 지향점은 같다. 사람에 대한 사랑, 한 영혼을 품은 사랑이 그 길을 달려갈 이유가 된다. 가진 것을 모두 내어놓고, 바보 소리를 들으며, 몸이 부서지는 고통을 겪는 일 따위는 품은 사랑의 힘에 비하면 아무것도 아니다. 반면 내 것만 채우려는 사람은 날마다 불안하다. 많이 가질수록 허하기에 언제나 남의 것을 탐한다. 먼 훗날 자신의 인생을 돌아보며 '그 모든 게 허무했다.'라고 고백한다면, 많이 가졌으나 아무것도 남지 않은 그는 너무 가여운 사람 아닐까.

그러기에 나는 내 딸에게 인생의 목표가 사랑이기를 권하고 싶다. 최선을 다해 소외된 자를 돕기를 충고하고 싶다. 서로 사랑함이 당연해져서 '위인'이라는 말이 사라지는 세상이 올 때까지 뜨겁게 친절하라고 외치고 싶다. 누구나 나이팅게일이, 마더 테레사, 장기려 박사가 되어 가난하고 힘들고 병든 자들이 없는 세상의 축복을 누리라고 주장하고 싶다. 아무리 멀고 험해도 제대로 심은 목표를 향해 달려왔다면 마침내 저 끝 어딘가에서 바른 선을 볼 것이다. 자세히 들여다보면 굽이치고 넘어져 울며 잠든 날도 있지만, 먼 곳에서는 웃을 수 있는 인생의 한 점일 뿐. 처음과 끝이 사람을 위한 사랑이라면 그 과정에서의 고난과 상처는 허무가 아니라 행복의 기록이다. 사랑을 위한 상처와 깊은 주름은 그 어떤 영광보다 고상하다. 지평선은 산 나무 강을 품고도 가지런하다.

행복이
쏜살같이

큰아이가 검정고시 치르는 날, 심경이 복잡미묘하다. 아침을 먹고 수험표 든 가방을 메는 아이를 보며 행복한 세월은 어두웠던 시절과 공평치 않게 흐름을 절감했다. 옆자리에 앉은 아이와 도란도란 얘기를 나누며 수험장으로 가는 길이 어쩌면 환상일까, 꿈일까. 딸이 시험을 치고 중학생이 됨은 자연스러운 생의 질서다. 하지만 내게는 딸의 성장이 밤새 폭우가 내린 댐에서 쏟아지는 급류처럼 세차다.

인파에 묻혀 수험장으로 향하는 아이의 뒷모습에 애써 흐르던 심장과 눈이 먹먹해진다. 까치발과 사슴목으로 가녀린 그림자에 미련을 두다 텅 빈 복도에 혼자 남았음을 깨달은 후에야 내가 선 땅으로 돌아왔다.

아이가 초등학교 2학년이 끝날 무렵 홈스쿨링을 선택했다. 성적을 인생의 점수로 여기거나 경쟁에만 몰두하는 아이로 키우고 싶지 않았다. 대신 가족과 많은 시간을 가지며 자연처럼 순수하고 건강하면 그

뿐이라 여겼다. 자잘한 걱정과 막연한 두려움이 가끔 소신을 흔들지만, 지금까지 잘 따라 준 아이와 온 힘을 다하는 아내를 바라보며 묵묵히 걷는다.

어느 가을날 첫째와 둘만의 시간을 가졌다. 샌드위치도 먹고 스티커 사진도 찍었다. 손을 꼭 잡고 낙엽을 밟던 아이가 뿌듯한 눈빛으로 속삭인다.

"아빠랑 데이트하니까 너무 좋아~"

"근데 아빠, 요즘 애들 내 나이 때는 아빠랑 손 잘 안 잡는다. 알아?"

이런 말을 하는 아이가 사랑스러웠지만 한편으로는 '너무 순수한 건 아닌가. 이 험한 세상 어떻게 살아가려고….' 하는 걱정도 일었다.

순수하든 어리숙하든 흐르는 세월 속에 아이는 자란다. 강보에 싸여 까꿍 놀이하던 작고 여린 아이가 말하고, 걷고, 뛰고, 검정고시도 친다. 시간이 흐르면 대학에 갈 테고, 직장을 다니며 멋진 인연도 만나겠지. 그렇게 아이는 어른이 되고 나는 할아버지가 되어 그저 멀리서 바라보며 축복을 비는 일이 최선인 날이 오고야 말 것이다.

세월이 참 쏜살같다. 시험이 끝날 즈음, 아이를 들여다 보내던 자세로 복도에 섰다. 절대 못 알아볼 일 없는 딸을 혹시나 놓칠세라 눈에 낀 감상을 걷어 내고 머리털까지 힘을 준다. 밖으로 나온 아이는 육아낭을 떠난 캥거루처럼 아빠를 찾는다. 세월이 지나도 한결같은 미소를 보이며 잔잔한 기쁨을 준다. 잠시라도 떨어졌다 다시 만나면 아빠를 꼭 안으며 "사랑해." "감동적이야."라는 말을 귀에 속삭인다.

사랑을 받고 자란 아이는 감동을 품는다. 지금까지 아내와 가족 그리고 좋은 이웃이 쏟아부은 사랑과 정성이 가득하여 넘쳐흐름을 느낀다. 부족한 나의 노력이 보탬이 되었음에도 감사한다. 아버지와 제대로 된 시간을 보내지 못한 나는 사실 아빠로서 아이와 함께하는 방법을 몸으로 배우지 못했다. 그저 마음속 거울로 연습하고 익혔기에 당연히 부족한 부분이 많다. 그 모자란 부분을 오히려 아이가 채운다. 감동이라는 보답은 내 속에 닫힌 부분을 일깨운다. 감동은 사랑이 되고 새로운 힘이 된다. 쏜살같이 나이 먹어 가지만 올바른 방향으로 날고 있다면 삶의 비행은 아름답다. 비바람에 휘청였지만 떨어지거나 틀어지지 않고 어긋나지 않았음에 감사한다.

누군가 나라는 존재의 활을 당겨놓았다면 반드시 표적이 있을 것이다. 우리가 살아가는 우주에서 의미 없는 비행은 없다. 별도 달도 사슴과 토끼도 들에 핀 국화 한 송이도 저마다의 목적과 역할이 있다. 그들은 본래의 의미에 충실하기에 흐리고 밟혀도 아름답다. 한 사람 한 사람이 또 하나의 우주라면 우리의 인생은 각자의 의미를 찾아가는 비행이다. 표적을 향한 달음박질이다. 기쁨과 행복은 물론 어둠과 아픔, 실수와 실패조차 삶의 비상을 돕는 믿음직한 방향타이다.

아름다운 사람, 동화 같은 인생, 찬란한 비행이다. 오늘도 행복한 아빠로 날아간다.

쏜살같이.

신비한 행복

"오빠, 이거 정말 맛있는데!"

"아빠, 먹어봐 진짜 맛있어~!"

아내와 딸이 눈을 동그랗게 뜨고 새콤달콤한 표정으로 바라본다.

"그렇게 맛있어?"

"응, 사 먹는 거랑 차원이 달라!"

재작년에 심은 나무가 드디어 열매를 맺었다. 작년에는 작고 예쁜 복사꽃만 피운 뒤 열매는 맺지 못해 무척 아쉬웠는데, 올해는 씩씩하게 먹을만한 복숭아 몇 개를 달았다. 자연과 사람을 위한다는 소신으로 농약을 쓰지 않아 스스로 병충해를 견뎌야 했고 비슷한 이유로 비료를 뿌리지 않아 해와 비가 주는 에너지만으로 영양을 채워야 했지만, 나무는 사막의 선인장처럼 그 어려운 일을 해냈다.

아기 주먹보다 조금 더 자란 복숭아 네댓 개를 두 손 가득 받쳐 들고 아내와 아이에게 맛을 보인 후 내 입에도 한 조각 넣는다. 상큼한 꿀맛이다. 시럽이나 설탕의 끈적 텁텁함이 아닌, 이를 닦지 않아도 전혀 문제없을 만큼 상쾌하고 산뜻하다.

언덕을 깎아 지은 우리 집은 커다란 바위산 줄기에 놓였다. 곁에 쌓인 흙을 반 삽만 떠내도 더 이상 삽을 집어넣을 수 없을 만큼 단단한 돌이 나온다. 터 작업을 해 놓은 빈 땅은 몇 년 동안 잡초도 잘 자라지 않을 만큼 척박하다. 그래서일까. 심은 나무가 쑥쑥 자라지 않는다. 바위를 뚫지 못한 뿌리가 옆으로 뻗어 나간 탓에 줄기는 가늘고, 아랫마을보다 기온이 낮고 바람이 많아 잎은 끝을 오므린다. 매년 그렇게 잘 자라지 못하는 나무를 보고 있노라면 왠지 안쓰럽고 미안하다. 비옥하고 부들부들한 땅에 심었다면 벌써 장성한 열매를 주렁주렁 달았을 텐데. 아집으로 살기 힘든 땅에서 생고생만 시키는 건 아닌가 하는 죄책감 때문이다.

또 그런 나무를 보고 있으면 딸 걱정이 겹친다. 아빠를 닮아 또래보다 머리 하나만큼 작다. 가끔 아침,

저녁으로 키와 몸이 불어나는 옆집 아이를 본다. 그러다 보면 앙상한 갈비뼈를 소유한 첫째, 그리고 큰 친구에게 지기 싫어 뒤꿈치를 들고 키를 재는 둘째가 애처롭기까지 하다.

나는 아버지보다 작다. 내 또래는 대부분 자기 아버지의 키나 몸보다 한 뼘 이상 크고 굵다. 굶고 자란 세대와 가난해도 흰쌀밥은 실컷 먹었던 세대의 차이가 키와 체격으로 나타난 것이리라. 그럼에도 나는 한창 자랄 나이에 불안과 긴장으로 늘 움츠렸다. 그때 생긴 불규칙한 식습관과 낮은 수면의 질이 내 키를 한 뼘은 줄여 놓았으리라 짐작한다. 그렇게 나무와 아이를 심란으로 번갈던 중 불현듯 중학교 수업 시간에 들었던 선생님 말씀이 떠올랐다.

"나무는 바위에서도 자란데이."

"쪼매 작고 느릴 수는 있어도 돌에 뿌리를 내리면 더 견고한 나무가 되는 기라."

그렇다. 좀 작아도, 느려도 괜찮다. 모진 환경에도 자신만의 꽃을 피우고 열매를 맺을 수 있는 나무로,

인간으로 성숙해 가면 그 생은 값지다. 세월이 흐르면 자란 뿌리가 오히려 바위를 보듬어 서로의 생을 연장케 한다. 심지어 돌이 많은 제주의 나무는 뿌리를 옆으로 펼쳐 서로를 연결한다. 땅속에서 거대한 쇠사슬처럼 하나가 되어 제주의 바람을 버틴다. 이처럼 사람도 각자 다른 사연을 품었기에 할 말 많은 세상, 살맛 나는 세상 아닐까.

내가 심은 복숭아는 '신비'라는 품종이다. 국어사전에 따르면 신비란 '일이나 어떤 현상이 사람의 힘이나 지혜 또는 보통의 이론이나 상식으로는 도저히 이해할 수 없을 만큼 신기하고 묘함, 또는 그런 일이나 비밀'이란 뜻을 지녔다고 한다. 바람이 실어 옮긴 작은 씨앗이 비바람을 견디고 바위를 뚫거나 땅속에서 하나가 되는 현상, 마침내 견고하게 서는 힘, 여리고 약한 아이가 세상에 꼭 필요한 기둥으로 성장해 가는 지혜, 그 모두가 작은 상식으로는 도저히 이해할 수 없을 만큼 묘하고 신기한 비밀. 참 신비한 행복 아닌가.

Epilog

꼬리 잘린 소년

원망을 남기기 위함도 위로나 동정을 구함도 아니다. 어쩌면 평범한 아버지를 만났다면 결코 가질 수 없었을 감사의 제목이 글의 용기가 되었다. 불행은 지금 내 곁에 머무는 것의 가치를 밝혀 평범한 일상에 널린 행복을 쉽게 발견하게 한다. 나아가 그 작은 것들도 잃어버려서는 안 된다는 두려움이 나를 단속하여 견고하게 붙든다. 누구나 행복을 원하지만, 불행 없이 행복을 알 수 없고, 고난 없는 축복은 헛되다는 말로 아직 어둠 속에 있는 이들을 위로하고 싶었다. 꼬리를 자르는 고통이 도마뱀을 살린 것처럼 고난은 지나갈 것이며 잘린 아픔은 행복의 근원이 된다.

만에 하나같은 0점 아버지를 만난 나는 만의 만처럼 무난한 아빠가 되는 꿈을 꿨다. 어느 날 느닷없는 물음에 97점을 준 아이의 아량을 명분 삼아 평범을 넘어 좋은 아빠가 된 것에 감격한다. 주관에서 객관의 눈을 떠가는 아이를 바라보며 방심은 안 된다는 조바심과 평범에서 좋음까지 갔으니 더 높은 곳에 오르고 싶은 성취욕이 스멀거린다. 예상 못 한 질문에 가슴에 둔이 없어 속절없이 불러보는 "아버지…." 가 아니라 툭 찌르기만 해도 "아버지!" 혹은 깊이깊이 고민할수록 결국 "아버지." 하게 되는 존경의 대상이 되고 싶다.

사전에서는 존경의 뜻을 인격이나 사상, 행위 따위를 공손하게 받드는 것이라 적혀 있다. 존경이란 단어를 가만히 뜯어 볼수록 자신감을 타오르게 할 산소 밸브가 잠긴다. 나는 마음이 가는 대로 행해도 괜찮을 만큼 의지가 올바른 사람이 아니며, 사고나 생각의 판단 체계 또한 미흡하다. 무엇보다 인격이 문제인데 타고난 성품이나 바탕이 그리 반듯하지 않기에 97점은커녕 무난함의 유지도 걱정이다. 무거워진 마음에도 미련을 떨치지 못하고 기대하는 미래의 모습을 하늘에 그렸다. 아내와 딸이 우러러보는 노년을 꿈꾸면서 말이다.

아내와 함께 나무 그늘 벤치에 앉아 호수에 핀 꽃을 본다. 감상이 지겨우면 한 손에는 운동화 다른 손에는 아내의 주름지고 통통한 손을 잡는다. 그리고 맨

발로 오솔길을 밟으며 흙의 감촉을 느낀다. 넘어가는 햇빛에 눈이 부실 때는 고개를 돌리거나 눈을 감으면 그뿐이다. 럭키 다음의 럭키는 풍성하고 하얀 꼬리를 살랑인다. 연신 코를 벌렁거리며 불어오는 바람에 묻어오는 가을을 구경한다. 딸에게 전화가 오면 엄마와 데이트 중이니, 방해치 말라고 넉살을 부린다. 전화기 너머 애 닳는 아우성에 아내의 핀잔 섞인 미소가 번진다. 텃밭이 내어 준 싱그런 채소와 울긋불긋 햇살 먹은 과일로 차려진 저녁을 맞는다. 건강하게 살아가는 아이들 얘기를 나누며 서로의 몸에 안부를 묻는다. 하얀 럭키의 검은 눈망울에는 붉은 노을이 하루가 지는 아쉬움을 서린다. 산과 하늘 그리고 노인과 가을과 럭키 모두 노을빛이다.

결국 나는 존경에서 평범으로 돌아왔다. 거창하거나 특별하지 않아도 지금처럼 가족과 함께 자연을 벗할 수 있으면 그뿐이다. 첫날밤보다 진한 눈빛을 나눌 아내와 멀리서도 N과 S극을 유지하는 딸이 대지와 하늘로 연결된 것만으로 만족한다. 누군가 우러르지 않아도 충분하다. 받들지 않아도 충만하다. 무난이 간절했던 나는 예사로운 축복을 누린다. 평범의 은혜가 내게 족하다. 아마 그때쯤이면 내 아버지에 대한 미움과 원망도 한낱 먼지처럼 가볍지 않을까.

그렇다. 나는 아직 아버지를 용서하지 못했다. 지금, 이 순간에도 감사와 행복 뒤편에 아픔과 미움이 맞닿았다. 잘린 꼬리에 새살이 돋았지만, 흉터는 지워지지 않는가 보다. 용기 없는 나는 아빠가 되어서도 아버지 앞에 서는 게 두렵다. 남에게는 무의미한 그의 독설과 눈빛이 내 가슴과 영혼을 찌그러뜨린다.

온전을 잃은 아버지는 정신이 돌아오면 나를 생각할까. 기다릴까. 영원한 이별이 오기 전 한 번쯤은 제정신인 아버지와 아픔과 상처를 벗고 보통의 자유를 얻은 아들이 만날 수 있을까. 시간이 부족함을 알지만, 나는 아버지 앞에선 열두 살, 상처 많은 소년이다. 한참을 서성이다, 초코파이와 두유가 든 상자를 병실 앞에 내려놓고 돌아선다. 어른이 된 나는 행복을 안고 아픔과 이별 중이다.

새피 ___ 엔딩

초판인쇄 2025년 5월 30일
초판발행 2025년 5월 30일

지은이 김태호
발행인 채종준

출판총괄 박능원
책임편집 조지원
디자인 공진혁
마케팅 문선영
전자책 정담자리
국제업무 채보라

브랜드 타래
주소 경기도 파주시 회동길 230 (문발동)
투고문의 ksibook1@kstudy.com

발행처 한국학술정보(주)
출판신고 2003년 9월 25일 제406-2003-000012호
인쇄 북토리

ISBN 979-11-7318-391-1 03810

타래는 가족 갈등에 관한 도서를 출간하는 한국학술정보(주)의 출판 브랜드입니다.
타래란 '엉킨 타래를 푼다'는 의미로, 얽히고설킨 실타래를 풀어
진정한 가족의 의미를 찾아 나간다는 뜻을 담고 있습니다.
'가족 갈등'이라는 매듭에 묶여 길을 잃지 않도록, 더 아름답고 가치 있는 책을 만들고자 합니다.